AVISO

Qualquer relação com qualquer facto histórico, **SEJA ELE QUAL FOR,** é pura coincidência.

FICAS AVISADO

Não precisas de ler os livros do Hiccup por ordem,
mas, se quiseres, esta é a ordem correta:

1. Como Treinares o Teu Dragão
2. Como Seres um Pirata
3. Como Falares Dragonês
4. Como Quebrares a Maldição de Um Dragão
5. Como Mudares a História de Um Dragão

ACERCA DO HICCUP

Hiccup Hadoque Horrendo III foi um extraordinário encantador de dragões, hábil com a espada, e o maior Herói Viking de sempre. No entanto, as memórias do Hiccup recuam ao tempo em que ele era um rapaz normal e em que achava difícil tornar-se um Herói.

Hiccup

Punho-Rápido

Grotesco-Júnior

Bafo, o Burro

Porco-Lutador

Este livro é dedicado ao meu bom amigo, Desdentado H.H.H. III

Gostaria de dedicar este livro ao meu irmão, Caspar, com amor e admiração.

Título original: *How to Train Your Dragon*
Autor: Cressida Cowell
Publicado originalmente na Grã-Bretanha em 2003
Esta edição foi publicada originalmente em 2010
Texto e ilustrações © 2003 Cressida Cowell
O direito de Cressida Cowell ser identificada como Autora e Ilustradora desta Obra foi acordado por ela com o Copyright, Designs and Patents Act 1988

Todos os direitos para a publicação desta obra em língua portuguesa, exceto Brasil, reservados por Bertrand Editora, Lda.
Rua Professor Jorge da Silva Horta, n.º 1
1500-499 Lisboa
Telefone: 217 626 000
Fax: 217 626 150
Correio eletrónico: editora@bertrand.pt
www.bertrandeditora.pt

Esta edição segue a grafia do Novo Acordo
Ortográfico da Língua Portuguesa

Revisão: Michele Amaral
Pré-impressão: Gráfica 99
Execução gráfica: Bloco Gráfico, Lda.
Unidade Industrial da Maia
1.ª edição: abril de 2013
Depósito legal n.º 355 014/13

ISBN: 978-972-25-2549-7

A **cópia ilegal** viola os direitos dos autores.
Os prejudicados somos todos nós.

Como Treinares o Teu Dragão

CRESSIDA COWELL

Tradução de
RICARDO SILVA

BERTRAND EDITORA
Lisboa 2013

~Índice~

Uma nota do Hiccup..15
1. "Primeiro, apanhar o vosso dragão"....................16
2. No Infantário dos Dragões....................................28
3. Heróis ou exilados..44
4. *Como Treinares o Teu Dragão*............................58
5. Uma conversa com o Velho Rugoso.....................73
6. Entretanto, no fundo do oceano...........................79
7. O Desdentado acorda...81
8. Treinar um dragão da Maneira mais Difícil........93
9. Medo, Vaidade, Vingança e Piadas Parvas........101
10. A Quinta-feira de Thor..115
11. Thor está zangado...139
12. O Morte Verde..155
13. Quando berrar não funciona..............................165
14. O Plano Bastante Inteligente.............................174
15. A batalha no Cabo da Cabeça da Morte...........184
16. O Plano Bastante Inteligente corre mal...........188
17. Na boca do Dragão..192
18. A coragem extraordinária do Desdentado....196
19. Hiccup, *o Útil*..206
Epílogo...217

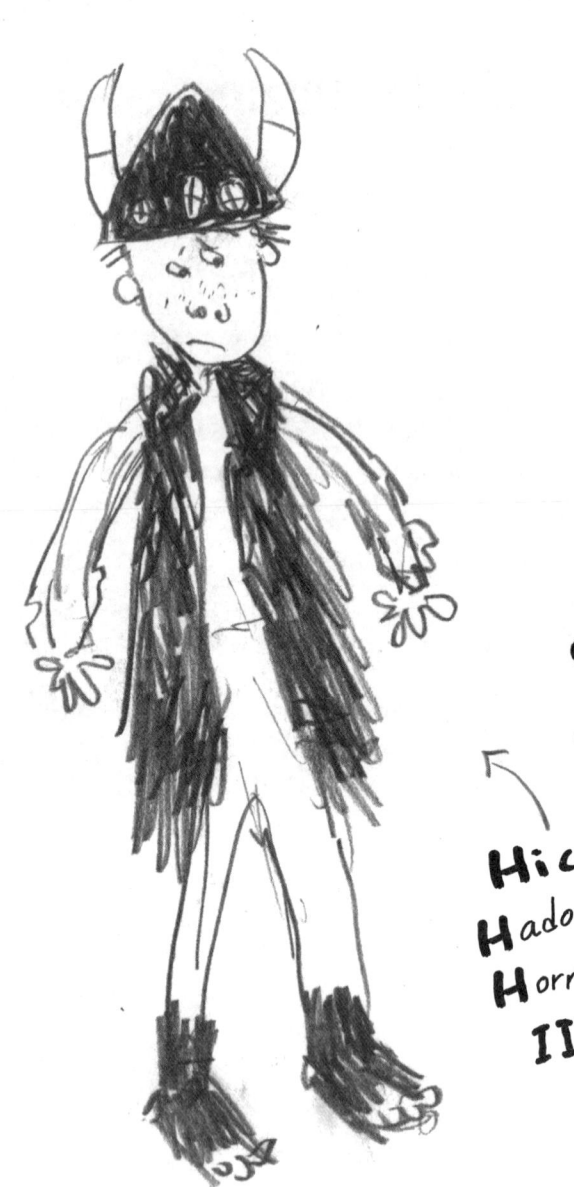

Hiccup
Hadoque
Horrendo
III

Uma nota do Hiccup

Quando eu era rapaz, existiam dragões.

Existiam grandes e ameaçadores dragões celestes que viviam em ninhos no topo das falésias como se fossem assustadores pássaros gigantes; dragões pequenos, castanhos, velozes que caçavam ratos e ratazanas em bandos bem organizados; dragões-marinhos, absurdamente imensos, que eram vinte vezes maiores do que a Grande Baleia Azul e que matavam por prazer.

Terão de acreditar na minha palavra porque os dragões estão a desaparecer tão depressa que rapidamente estarão extintos.

Ninguém sabe o que está a acontecer. Estão a regressar para o mar de onde vieram, sem deixarem um único osso, uma única presa, para os homens do futuro os poderem recordar.

Por isso, para que estas espantosas criaturas não sejam esquecidas, vou contar uma história verdadeira da minha infância.

Eu não era rapaz para treinar um dragão apenas com um erguer de sobrancelhas. Não nascera para ser Herói. Para o ser, tive de me esforçar. Esta é a história de como me tornei Herói da Maneira mais Difícil.

1. "PRIMEIRO, APANHAR O VOSSO DRAGÃO"

Há muito tempo, na hedionda e ventosa ilha de Berk, um pequeno viking com um grande nome estava de pé, com neve até aos tornozelos.

Nessa manhã, desde que acordara, Hiccup Hadoque Horrendo III, o Honorável Herdeiro da tribo Horda Hedionda, sentia-se ligeiramente enjoado.

Dez rapazes, incluindo o Hiccup, estavam ansiosos por se tornarem membros da tribo, em pleno, depois de passarem o Programa de Iniciação aos Dragões. Estavam numa pequena praia sombria, no ponto mais sombrio de toda a ilha sombria. Estava a cair um nevão.

– ATENÇÃO! – gritou Bocarra, *o Arroto*, o guerreiro encarregado da Iniciação. – Esta será a vossa primeira operação militar, e o Hiccup comandará a equipa.

– Oh não, o Hiccup não – suspirou Bafo, *o Burro*, e a maioria dos rapazes. – O senhor não pode dar o comando ao Hiccup, ele é um INÚTIL.

Desanimado, Hiccup Hadoque Horrendo III, o Honorável Herdeiro da tribo Horda Hedionda, limpou o nariz à manga. Enterrou-se um pouco mais na neve.

BOCARRA, O ARROTO
Imbecil encarregado da Iniciação

— QUALQUER UM seria melhor que o Hiccup — gozou o Estouvado Escarreta. — Até o Perna-de-Peixe seria melhor que o Hiccup.

O Perna-de-Peixe era muito estrábico, quase tão cego como uma alforreca, e era alérgico a répteis.

— SILÊNCIO! — rugiu Bocarra, *o Arroto*. — O próximo que falar vai comer lapas ao almoço nas próximas TRÊS SEMANAS!

Fez-se imediatamente um silêncio absoluto. As lapas parecem-se com minhocas e com ranho e são muito menos saborosas do que qualquer um deles.

— O Hiccup vai comandar e isso é uma ordem! — gritou o Bocarra, que só sabia falar aos berros. Era um gigante com mais de dois metros, com um brilho louco no seu único olho que via e com uma barba que parecia fogo-de-artifício. Apesar do frio glacial, estava vestido com uns calções peludos e com um pequeno colete de couro de veado que deixava entrever a sua pele vermelho-lagosta e os músculos salientes. Num punho gigantesco segurava uma tocha acesa.

— Embora seja, sem dúvida, completamente inútil, o Hiccup vai comandar-vos, porque é o filho do CHEFE e é assim que, entre nós, vikings, as coisas funcionam. Onde é que pensam que estão, na REPÚBLICA ROMANA? De qualquer forma, hoje, esse é o menor dos vossos problemas. Estão aqui para provar que são Heróis Vikings. E, como manda a velha tradição da Horda Hedionda, devem – O Bocarra fez uma pausa dramática –, PRIMEIRO, APANHAR O VOSSO DRAGÃO!

"Ohhhhhh, com mil milhões de moluscos", pensou o Hiccup.

– São os nossos dragões que nos distinguem! – rugiu o Bocarra. – Os humanos inferiores treinam falcões para caçarem por eles e cavalos para os transportarem. Só nós, os HERÓIS VIKINGS, nos atrevemos a domesticar as mais selvagens e perigosas criaturas da terra. – O Bocarra cuspiu na neve solenemente. – Há três etapas no Teste de Iniciação aos Dragões. A primeira e a mais perigosa certifica a vossa coragem e qualidades de assalto. Se querem pertencer à Horda Hedionda, têm de, primeiro, apanhar o vosso dragão. E é por isso – continuou o Bocarra, em alto e bom som – QUE eu vos trouxe para este lugar. Observem a Falésia do Dragão Selvagem.

Ohhh, com mil milhões de moluscos

Os dez rapazes levantaram as cabeças. A falésia elevava-se vertiginosamente acima deles, escura e sinistra.

No verão mal se conseguia ver a falésia porque estava cheia de dragões de todos os tamanhos e feitios, a arranharem, a morderem e a fazerem uma barulheira que se ouvia por toda a ilha de Berk.

No inverno, porém, os dragões hibernavam e a falésia ficava silenciosa, à exceção do pequeno ruído ameaçador dos seus roncos.

– Agora – disse o Bocarra –, conseguem ver aquelas quatro cavernas mais ou menos a meio da falésia, que formam uma espécie de caveira?

Os rapazes acenaram que sim com a cabeça.

– Dentro da caverna que corresponde ao olho direito da caveira, fica o Infantário dos Dragões, onde estão, **NESTE PRECISO MOMENTO**, três mil jovens dragões a dormir as suas últimas semanas de hibernação.

– OOOOOOOH! – exclamaram os rapazes entusiasmados.

O Hiccup engoliu em seco. Sabia muito mais de dragões do que qualquer um dos outros que ali estavam. Desde pequeno que eles o fascinavam. Passara muitas horas a observar dragões às escondidas (os Observadores de Dragões eram considerados estranhos e esquisitos, daí a

necessidade de ser segredo). Tudo o que
o Hiccup aprendera sobre dragões indicava-lhe que
entrar numa caverna onde estavam três mil dragões
era uma loucura.

Contudo, mais ninguém parecia preocupado.

– Dentro de alguns minutos, quero que peguem
num destes cestos e que comecem a escalar a falésia –
ordenou Bocarra, *o Arroto*. – Quando chegarem à
entrada da caverna, ficam por vossa conta. Sou muito
grande para caber nos túneis que levam ao Infantário
dos Dragões. Terão de entrar SILENCIOSAMENTE
na caverna, incluindo tu, Porco-Lutador, a não ser
que te queiras tornar a primeira refeição da primavera
de três mil dragões esfomeados, AH! AH! AH! –
O Bocarra riu-se da sua piadinha com vontade e depois
continuou. – Os dragões deste tamanho são, em geral,
relativamente inofensivos para os homens, mas, nesta
quantidade, cair-vos-iam em cima como piranhas.
Não sobraria nada nem mesmo de um gordo como
tu, Porco-Lutador, apenas um monte de ossos e o teu
elmo. AH! AH! AH! Portanto... vão andar EM
SILÊNCIO pela caverna e cada um vai roubar
UM dragão adormecido. Levantem SUAVEMENTE
o dragão da rocha e coloquem-no no cesto. Até aqui
alguma dúvida?

Ninguém tinha dúvidas.

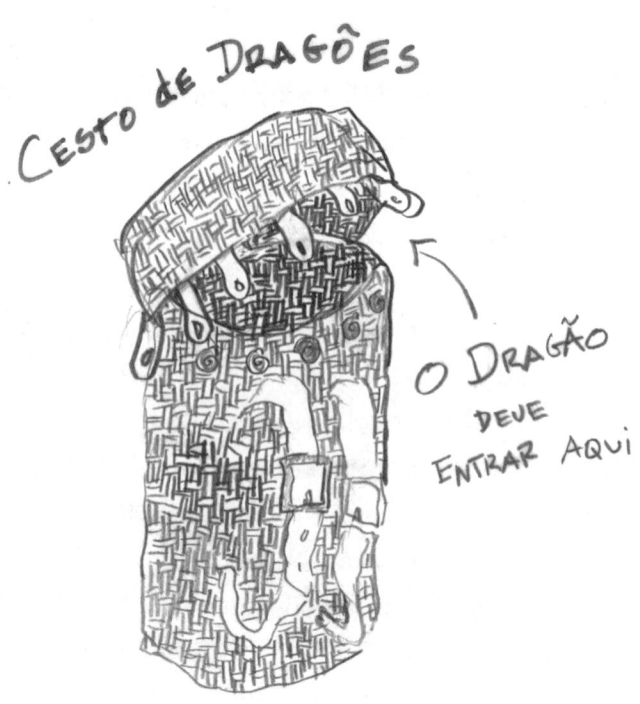

— Se por acaso acordarem MESMO os dragões, e teriam de ser TOLAMENTE IDIOTAS para o fazerem, corram como um relâmpago para a entrada da caverna. Os dragões não gostam do frio e a neve vai provavelmente pará-los.

"Provavelmente?", pensou o Hiccup. "Oh, sim, isso é animador."

— Aconselho-vos a perderem algum tempo a escolher o vosso dragão. É importante apanhar um que tenha o tamanho certo. Este vai ser o dragão que vai pescar para vocês e que vai caçar os vossos veados. Vão apanhar o dragão que, mais tarde, vos levará para o campo de batalha, quando forem mais velhos e fizerem parte dos Guerreiros da Tribo. Além disso, como querem um animal fantástico, um conselho simples é: escolham o maior bicho que couber no vosso cesto. Não demorem MUITO tempo lá dentro.

"Demorar???", pensou o Hiccup. "Numa caverna com três mil DRAGÕES a dormir?"

– Não preciso de vos dizer – continuou o Bocarra animadamente – que se voltarem sem um dragão, nem vale a pena voltarem. Os que FALHAREM esta tarefa serão imediatamente expulsos. A Horda Hedionda não aceita FALHADOS. Só são admitidos os fortes.

Com tristeza, o Hiccup olhou em volta para o horizonte. Só viu neve e mar. A expulsão também não parecia muito animadora.

– PRONTO – disse o Bocarra bruscamente. – Cada um agarre num cesto para guardar o dragão e vamos andando.

Os rapazes correram para apanhar os cestos, enquanto conversavam alegres e excitados.

– Vou apanhar um dragão do tipo Pesadelo Monstruoso, com garras extralongas. São mesmo assustadores – gabou-se o Escarreta.

– Oh, cala-te Escarreta, tu não podes – disse o Punho--Rápido. – Só o Hiccup é que pode ter um dragão do tipo Pesadelo Monstruoso, por ser filho de um Chefe. – O pai do Hiccup era Estoico, *o Enorme*, o Chefe assustador da tribo Horda Hedionda.

– O HIC-CUP?! – troçou o Escarreta, fingindo um soluço. – Se for tão inútil nisto como a jogar batebola, será uma sorte se conseguir apanhar um dragão do tipo Castanho Básico.

Os dragões do tipo Castanho Básico eram a espécie mais comum de dragões, um animal obediente mas com pouca graça.

– CALEM-SE E VOLTEM PARA A FILA, SEUS MISERÁVEIS GIRINOS! – berrou Bocarra, *o Arroto*.

Os rapazes, com os cestos às costas, correram imediatamente para os seus lugares e ficaram atentos. O Bocarra percorreu a fila, acendendo com a grandiosa tocha que tinha na mão o facho que cada rapaz segurava à sua frente.

– DAQUI A MEIA HORA, AO LADO DO VOSSO FIEL RÉPTIL, SERÃO GUERREIROS VIKINGS... OU ESTARÃO EM VALHALA, O SALÃO DOS MORTOS, COM DENTES DE DRAGÃO NO RABO, A TOMAREM O PEQUENO--ALMOÇO COM O DEUS WODEN! – gritou o Bocarra com um entusiasmo horrível.

~ OS DRAGÕES VIKINGS E OS SEUS OVOS ~

O COMUM OU VULGAR e o CASTANHO BÁSICO

O Comum ou Vulgar e o Castanho Básico são tão semelhantes que podem ser analisados em conjunto. São as espécies de dragões mais usuais – aquelas em que pensamos imediatamente quando falamos em "dragões".

Comum ou Vulgar ou Castanho Básico

São caçadores fracos, mas fáceis de treinar. Estes dragões são os mais indicados como animais de estimação, embora, tal como um leão ou um tigre, nunca devam ser deixados sozinhos com crianças muito pequenas.

~ ESTATÍSTICAS ~

CORES: verdes e amarelos, todos os tons de castanho.
ARMADOS COM: presas e garras.
FATOR MEDO: 3
ATAQUE: 3
VELOCIDADE: 4
TAMANHO: 4
DESOBEDIÊNCIA: 1

– GLÓRIA OU MORTE! – berrou o Bocarra.
– GLÓRIA OU MORTE! – responderam-lhe fanaticamente oito rapazes.

"Morte", pensaram com tristeza o Hiccup e o Perna-de-Peixe.

O Bocarra, levando um grande chifre aos lábios, fez uma pausa dramática.

"Acho que talvez este seja o pior momento da minha vida ATÉ AGORA", pensou o Hiccup enquanto esperava pelo toque da corneta. "E se gritarem muito mais alto vamos acordar os dragões antes mesmo de COMEÇARMOS."

"PARRRRRRRRRP!", soou o chifre do Bocarra.

2. NO INFANTÁRIO DOS DRAGÕES

Já devem ter percebido que o Hiccup não era o típico Herói Viking.

Para começar, não PARECIA um Herói – alguém como o Escarreta, por exemplo, que era alto, musculado, todo tatuado com caveiras e que já tinha buço (uns pelinhos amarelos espalhados junto ao lábio superior, bastante desagradável à vista por sinal); para um rapaz que ainda não tinha treze anos, o Escarreta estava muito desenvolvido.

O Hiccup era baixo e quase passava despercebido. TINHA um Cabelo de Herói, ruivo muito vivo e que, por mais que o tentasse domesticar com água do mar, acabava por ficar espetado, mas nunca ninguém reparava porque estava

ESCARRETA

quase sempre escondido debaixo
do seu elmo.

Entre aqueles dez rapazes,
NUNCA ninguém escolheria
o Hiccup para ser o Herói desta
história. O Escarreta era bom em
tudo e um Chefe nato. O Bafo era
alto como o pai e conseguia fazer
coisas fascinantes como dar traques
ao ritmo do Hino Nacional
de Berk.

O Hiccup era completamente
normal, o típico rapaz vulgar,
magrinho, sardento, que facilmente
passava despercebido no meio da
multidão.

BAFO, O BURRO

Por isso, mal o Bocarra tocou a
corneta e se afastou dos rapazes à procura de uma rocha
confortável para
se sentar a comer a sua sanduíche de tomate e molusco,
o Escarreta afastou o Hiccup e assumiu o
comando.

– Muito bem, rapazes – sussurrou em tom ameaçador –,
quem manda aqui sou EU, não é o Inútil. E se alguém
não estiver de acordo leva um murro na boca de Bafo,
o Burro.

– Ugh – grunhiu o Bafo, batendo com emoção os punhos um no outro. O Bafo era o braço-direito do Escarreta e era um rapaz grande como um gorila.

– Dá-lhe, Bafo, mostra o que eu quero dizer…

O Bafo obedeceu deliciado. Deu um encontrão no Hiccup que o deixou estatelado no chão, com a cara enfiada na neve.

– Prestem atenção! – sibilou o Escarreta. Os rapazes deixaram de olhar para o Bafo e para o Hiccup e ficaram atentos. – Amarrem-se uns aos outros para fazer uma corrente humana. O melhor alpinista vai à frente…

– Bem, evidentemente vais TU, Escarreta – disse o Perna-de-Peixe. – És o melhor em tudo, não és?

O Escarreta olhou desconfiado para o Perna-de-Peixe. Por causa do estrabismo era difícil perceber se estava a gozá-lo ou não.

– Tens razão, Perna-de-Peixe – disse o Escarreta. – VOU EU. – E, para o caso de ele o *ter* estado a gozar, gritou: – Dá-lhe, Bafo!

Enquanto o Bafo obrigava o Perna-de-Peixe a fazer companhia ao Hiccup na neve, o Escarreta ordenou, mandão, que todos se amarrassem uns aos outros.

O Hiccup e o Perna-de-Peixe foram os últimos a ser amarrados, logo atrás do corado e triunfante Bafo.

– Que bom – resmungou o Perna-de-Peixe. – Estou prestes a entrar numa caverna cheia de répteis que comem pessoas, amarrado a oito maníacos.

– Se *chegarmos* à caverna… – disse nervosamente o Hiccup, olhando para cima para a falésia completamente negra.

O Hiccup prendeu a tocha acesa entre os dentes para poder usar as mãos e começou a trepar atrás dos outros.

♦♦♦

Era uma escalada perigosa. Com a neve, as rochas estavam escorregadias e os outros rapazes iam a subir rapidamente porque estavam muito excitados. A certa altura, o Cabeça-no--Ar pôs um pé em falso e caiu – felizmente para cima do Bafo, que o apanhou pela parte de trás das calças e o recolocou na rocha, antes que ele arrastasse os outros para a queda.

Quando por fim chegaram à entrada da caverna, o Hiccup olhou de relance para o mar que, bem lá em baixo, batia nas rochas… e engoliu profundamente em seco.

– Soltem as cordas! – ordenou o Escarreta, de olhos arregalados com a excitação de pensar nos perigos que o aguardavam. – O Hiccup é o primeiro a entrar na caverna porque, afinal, é ELE o filho do Chefe… – troçou. – E se algum dragão ESTIVER acordado, ele será o primeiro a saber! Quando entrarmos na caverna, é cada um por si. Só são admitidos os fortes…

Apesar de não ser um típico rufia maluco da Horda Hedionda, o Hiccup também não era nenhum franganote. Ter medo é diferente de ser cobarde.
Se calhar *era* tão corajoso como qualquer um dos outros rapazes que ali estavam porque, *apesar* de saber como eles eram, foi apanhar um dragão. E quando escalou perigosamente até à entrada da caverna e se deparou no seu interior com um túnel profundo e labiríntico, desceu-o sem hesitar, embora não gostasse de túneis profundos e labirínticos com dragões no fim.

O túnel era húmido e desagradável. Às vezes ficava suficientemente alto para os rapazes andarem em pé; outras, afunilava em estreitos buracos claustrofóbicos por onde os rapazes só conseguiam passar encolhidos, a rastejar com as tochas na boca.

Depois de dez longos minutos a andar e a rastejar até ao coração da falésia, o cheiro a dragão – um pivete salgado a algas e cabeças de peixe podre – tornou-se cada vez mais intenso, até que finalmente se tornou insuportável e o túnel desembocou numa enorme caverna.

A caverna tinha mais dragões do que o Hiccup alguma vez imaginara que existissem. Eram de todas as cores e feitios e estavam lá todas as espécies de que ele ouvira falar e mais algumas.

O Hiccup começou a suar quando olhou à sua volta e viu que estava rodeado por montes e montes de dragões, que cobriam todos os espaços possíveis; até pendurados no teto, de cabeça para baixo, como morcegos gigantes. Estavam a dormir, e a maioria ressonava a uma só voz. Era um som tão alto e tão profundo que parecia invadir o corpo do Hiccup e vibrar no seu interior, agitando-lhe o estômago e as entranhas, e obrigando o seu coração a bater ao mesmo ritmo lento da pulsação dos dragões.

Se uma, apenas *uma*, destas inúmeras criaturas despertasse, acordaria as outras e os rapazes teriam uma morte horrível. Uma vez, o Hiccup vira um veado ser desfeito em poucos minutos porque se tinha aproximado demasiado da Falésia do Dragão Selvagem…

O Hiccup fechou os olhos. "NÃO vou pensar nisso", disse para consigo. "NÃO VOU."

Nenhum dos outros rapazes estava a pensar nisso.

Nestas situações, a ignorância é muito útil. Enquanto atravessavam a caverna com as mãos a tapar o nariz para evitarem o cheiro repugnante, os seus olhos palpitavam em busca do maior dragão que coubesse no cesto.

Deixaram as tochas empilhadas à entrada – a caverna já estava bastante iluminada pelas minhocas-brilhantes, grandes animais vagarosos que cintilavam aqui e ali e que davam uma luz constante, embora débil, semelhante à de uma lâmpada fraca. Além disso, de vez em quando, os

dragões do tipo Sopro-Flamejante davam uma luz extra que ia e vinha conforme inspiravam e expiravam.

Como era de esperar, a maioria dos rapazes dirigiu-se aos dragões mais turbulentos.

O Escarreta dissera que ia apanhar um dragão do tipo Pesadelo Monstruoso e, enquanto o fazia, sorriu de forma irritante para o Hiccup. O Escarreta era filho de Bunda--Grande, *o Barriga-de-Cerveja*, irmão mais novo de Estoico, *o Enorme*. No futuro, tencionava ver-se livre do Hiccup para que ele, Escarreta, se tornasse o Chefe da Horda Hedionda. E se ele queria ser um Chefe horrível e assustador, precisaria de um dragão devidamente impressionante.

O Porco-Lutador e o Bafo começaram uma ruidosa discussão em voz baixa por causa de um Gronckel. Um animal muito bem equipado, com presas esticadas para fora, como facas de cozinha, tantas que nem conseguia manter a boca fechada. O Bafo ganhou, mas depois acabou por deixá-lo cair enquanto o tentava enfiar no cesto. O arsenal do animal fez um barulho gigantesco quando bateu no chão da caverna.

O Gronckel abriu os seus olhos de crocodilo, maléficos.

Todos sustiveram a respiração.

O Gronckel olhou em frente. Era difícil perceber pela sua cara inexpressiva se estava acordado ou a dormir.
O Hiccup, atormentado, apercebeu-se de que a terceira pálpebra do Gronckel, fina como uma teia de aranha, ainda estava fechada.

~ OS DRAGÕES VIKINGS E OS SEUS OVOS ~

O GRONCKEL

O Gronckel é a espécie mais feia do mundo dos dragões, mas compensa no campo de batalha o que lhe falta em beleza. Podem ser lentos e, atrevo-me a dizer, estúpidos, e por vezes tornam-se tão obesos que nem conseguem levantar voo. Também têm tendência para apanhar a acne dos dragões.

Crânio extraduro

Péssimo caso de Acne de Dragões

~ ESTATÍSTICAS ~

CORES: verde-sujo, bege-claro, castanho-escuro.

ARMADOS COM: o melhor arsenal dos dragões – presas que parecem facas, um espigão extra no pescoço, bola de picos na extremidade da cauda.

FATOR MEDO: 7
ATAQUE: 8
VELOCIDADE: 8
TAMANHO: 7
DESOBEDIÊNCIA: 5

E assim ficou durante alguns momentos de grande tensão, até que…

Lentamente, voltou a fechar as pálpebras.

Surpreendentemente, nenhum dos outros dragões acordou. Alguns resmungaram meio adormecidos, até se voltarem a aninhar, mas a maioria estava tão sonolenta que mal se mexeu.

O Hiccup expirou devagar. Se calhar estes dragões estavam tão desligados do mundo que *nada* os podia acordar.

Engoliu em seco, rezou uma prece a Loki, o anjo da guarda das traquinices, e inclinou-se cuidadosamente para a frente com o intuito de apanhar o dragão que lhe parecia mais inconsciente e poder sair daquele pesadelo o mais depressa possível.

♦ ♦ ♦

Pouca gente sabe que, quanto mais profundamente dormem, mais frios os dragões ficam.

Chega a ser possível um dragão entrar em Coma de Sono, no qual fica frio como o gelo, aparentemente sem pulsação, respiração ou batimento cardíaco. Conseguem ficar séculos neste estado, e só um perito consegue saber, a olho nu, se os dragões estão mortos ou vivos.

Em contrapartida, um dragão acordado ou a dormir um sono leve é, de facto, bastante quente, como um pão acabado de sair do forno.

O Hiccup encontrou um suficientemente frio ao tato e que era quase do tamanho certo; colocou-o, da forma mais rápida e cuidadosa que conseguiu, dentro do cesto. Era um Castanho Básico muito básico, mas naquele momento o Hiccup não se importou nada. Embora fosse pequeno, era surpreendentemente pesado.

"CONSEGUI, CONSEGUI, CONSEGUI!", disse para si mesmo alegremente. Pelo menos não ia ser o único rapaz do grupo sem dragão. Por agora parecia que já todos tinham apanhado um e estavam a dirigir-se silenciosamente para a saída.

Todos, menos o...

... Perna-de-Peixe, que já estava coberto por uma irritação de pele vermelho-viva e que nesse preciso momento se dirigia ruidosamente em bicos dos pés para junto de um bando de dragões tipo Nadder Mortífero enroscados uns nos outros.

O Perna-de-Peixe ainda era pior a atacar do que o Bafo.

O Hiccup ficou completamente paralisado.

– Não faças isso, Perna-de-Peixe. POR FAVOR, não o faças! – sussurrou.

No entanto, o Perna-de-Peixe estava farto dos insultos do Escarreta e de ser gozado e ridicularizado. Ia apanhar um dragão bestial que todos os outros respeitariam.

Com os olhos cheios de água, tão vesgo que mal conseguia ver a pilha de dragões, e a coçar-se

violentamente, o Perna-de-Peixe alcançou cuidadosamente
o dragão que estava por baixo, agarrou-lhe numa perna e
levemente… puxou.

A pilha inteira desmoronou-se numa furiosa confusão
de patas, asas e orelhas. Todos os rapazes na caverna
suspiraram de horror. A maioria dos Terrores Terríveis
resmungou, zangados uns com os outros, até voltar a
dormir.

Um animal maior do que outros abriu os olhos
e pestanejou algumas vezes.

O Hiccup notou, com grande alívio, que a terceira
pálpebra ainda estava fechada.

Os rapazes esperaram que os olhos se fechassem.

Foi então que o Perna-de-Peixe espirrou.

Quatro espirros GIGANTESCOS que ecoaram
e atravessaram as paredes da caverna.

O grande Nadder Mortífero olhou cegamente em
frente, imóvel como se fosse uma estátua de um dragão.

Contudo, mui-to subtilmente, um ronco ameaçador
saiu-lhe da garganta.

E mui-to lentamente…

… a terceira pálpebra deslizou para cima.

– Uh-oh – balbuciou o Hiccup.

A cabeça do Nadder Mortífero virou-se como um
chicote na direção do Perna-de-Peixe, com os seus olhos
amarelos a focarem-se imediatamente no rapaz. Abriu as

asas o mais que pôde e avançou sorrateiramente, como uma pantera prestes a saltar. Abriu a boca o suficiente para mostrar a língua bifurcada de dragão e...

– C-C-C-O-O-O-O-O-R-R-R-R-E-E-E! – berrou o Hiccup enquanto agarrava o Perna-de-Peixe pelo braço e o tirava dali.

Os rapazes correram para a saída do túnel. O Perna-de-Peixe e o Hiccup foram os últimos a chegar lá.

Não havia tempo para pegar nas tochas, por isso corriam na mais profunda escuridão. O cesto do Hiccup, com o Castanho Básico, batia-lhe nas costas.

Tinham dois minutos de avanço sobre os dragões porque o primeiro dragão tinha levado algum tempo

A FUGA DO INFANTÁRIO DOS DRAGÕES

a acordar os outros, mas, quando os dragões começaram a perseguir os rapazes no túnel, o Hiccup passou a ouvir um rugido e um bater de asas furioso.

Correu um pouco mais depressa.

Por verem melhor no escuro, os dragões eram mais rápidos do que os rapazes, no entanto, foram travados quando o túnel estreitou, porque tiveram de encolher as asas para se poderem esgueirar.

– Eu… não tenho… um… dragão – disse o Perna-de-Peixe ofegante, uns passos atrás do Hiccup.

– Esse – disse o Hiccup, enquanto passava por uma passagem estreita apoiado freneticamente nos cotovelos – é o MENOR… *oh*… dos nossos problemas. Eles estão a ganhar terreno!

– Não tenho… dragão – repetiu o Perna-de-Peixe com teimosia.

– Oh, por AMOR DE THOR – vociferou o Hiccup. Deixou o seu cesto nos braços do Perna-de-Peixe e pegou no que ele tinha às costas, vazio. – Então, fica com o MEU. Espera aqui.

O Hiccup virou-se e voltou a entrar na passagem estreita, apesar dos rugidos estarem a ficar cada vez maiores.

– O QUE… É QUE… ESTÁS… A FAZER??? – gritou o Perna-de-Peixe, a agitar-se freneticamente, no mesmo sítio, para cima e para baixo.

Passado algum tempo precioso, o Hiccup regressou pelo mesmo buraco. O Perna-de-Peixe agarrou-lhe num dos braços para o ajudar a passar.

Conseguiam ouvir um fungar horrível que parecia ser o som do nariz de um dragão a entrar pelo outro lado do buraco. O Hiccup atirou-lhe com uma pedra e ele guinchou irritado.

Dobraram uma esquina e, subitamente, conseguiram ver, vinda do exterior, uma luz ao fundo do túnel.

O Perna-de-Peixe saiu primeiro, mas, quando o Hiccup se ajoelhou para o seguir, caiu-lhe em cima um dragão com um grito estridente a agitar as asas. O Hiccup bateu-lhe e ele caiu de costas, o que foi o suficiente para poder rastejar em direção à luz. Outro dragão – ou quem sabe, talvez até o mesmo – afundou as suas presas na perna do Hiccup, que estava tão desesperado para sair que arrastou o animal consigo.

Assim que a cabeça e os ombros do Hiccup mergulharam na luz, lá estava o Bocarra. Agarrou-o por baixo dos braços e arrastou-o para fora da caverna, perseguido por um bando de dragões.

– SALTA! – gritou o Bocarra, enquanto atordoava um dragão com um golpe do seu poderoso punho.

– *Como assim*, SALTA?? – hesitou o Hiccup ao olhar para a queda vertiginosa até ao mar.

– Não há tempo para descer – disse o Bocarra ofegante, enquanto fazia bater, uma contra a outra, as cabeças de dois dragões e afastava com a barriga gigantesca outros três. – SALTA!!!

O Hiccup fechou os olhos e lançou-se da falésia.

Enquanto mergulhava no ar, o dragão que estava agarrado à perna soltou as mandíbulas com um guincho de alarme e voou.

O Hiccup estava a cair a uma velocidade tal que, quando atingiu a água, esta mais parecia algo duro, doloroso e tão frio que ele quase desmaiou.

O Hiccup voltou à superfície, incrédulo por não ter morrido, e viu-se imediatamente submerso na onda provocada a meio metro de si pela queda de Bocarra, *o Arroto*.

Os dragões saíram da caverna como um enxame, guinchando furiosamente, e lançaram-se sobre os vikings que estavam a boiar.

O Hiccup enterrou ao máximo o elmo na cabeça. Ouviam-se os sons horríveis produzidos pelas garras dos dragões a rasparem no metal. Um outro aterrou a assobiar na água, mesmo em frente à cara do Hiccup, mas descolou novamente com um grito assim que sentiu como a água estava fria. Os dragões não gostavam de voar quando nevava e, com alívio, o Hiccup viu-os retirarem-se em direção à entrada calorosa da caverna de onde berraram em dragonês terríveis insultos de dragões.

O Bocarra começou a tirar os rapazes do mar para as rochas. Os jovens vikings são bons nadadores, mas é difícil flutuar com um dragão assustado preso num cesto às costas. O Hiccup foi o último a ser salvo – mesmo a tempo, porque o frio estava a começar a dar cabo dele.

"Bom, pelo menos não é a MORTE", pensou o Hiccup enquanto o Bocarra, para o salvar, o puxava pelo colarinho, quase a sufocá-lo de novo, "mas certamente também não é a GLÓRIA".

3. HERÓIS OU EXILADOS

Os rapazes equilibraram-se sobre os calhaus escorregadios na ponta da praia e voltaram a subir a Ravina do Homem Louco, o desfiladeiro que tinham escalado algumas horas antes. Era uma pequena fenda nos penhascos, cheia de grandes pedras. Tentavam andar o mais depressa possível, mas as grandes rochas cobertas de gelo faziam-nos escorregar e deslizar, pelo que avançavam de forma dolorosamente lenta.

Um dragão que não *fora afastado* pela neve surgiu a guinchar pelo desfiladeiro abaixo. Aterrou nas costas do Porco-Lutador e começou a atacá-lo ferozmente, enterrando-lhe as presas no ombro e arranhando-lhe os braços. O Bocarra, com a pega do seu machado, deu um golpe no nariz do dragão, que desistiu e voou para longe.

No entanto, um grupo de dragões tomou o seu lugar e invadiu a ravina com gritos cortantes, a disparar fogo das narinas e a derreter a neve à sua volta com as garras maldosamente em riste enquanto atacavam violentamente para baixo.

O Bocarra parou, com as pernas bem afastadas, e rodopiou o seu grande machado de duas pontas. Inclinou para trás a sua grande cabeça cabeluda e soltou um horrível grito primitivo, que ecoou pela ravina inteira e fez com que os cabelos da nuca do Hiccup se espetassem como os espinhos de um ouriço-do-mar.

Sozinhos, os dragões costumam ter um saudável instinto de sobrevivência, mas quando caçam em grupo são mais corajosos. Sabiam que tinham uma enorme vantagem numérica e, por isso, nem por um instante abrandaram o seu voo. Simplesmente continuaram a avançar.

O Bocarra lançou o seu machado.

A rodopiar no ar, o machado elevou-se atravessando a neve que caía levemente. Atingiu o maior dragão do grupo, matando-o imediatamente, e depois continuou a sua trajetória para aterrar num monte de neve a centenas de metros e desaparecer.

Isto fez com que o resto dos dragões pensasse duas vezes. Uns, com a pressa de sair dali, chocaram entre si, ganindo como cães; os outros hesitaram e planaram sem saber o que fazer, soltando gritos provocatórios mas mantendo uma certa distância.

– Perdi um bom machado – grunhiu o Bocarra.
– Continuem a andar, rapazes, eles podem voltar!

O Hiccup não precisava que lhe dissessem para continuar. Assim que saiu do desfiladeiro e alcançou o solo pantanoso, por trás dele, começou a correr desordenadamente, caindo, aqui e ali, com a cara na neve.

Algum tempo depois, quando o Bocarra achou que já estavam a uma distância segura da Falésia do Dragão Selvagem, gritou para que os rapazes parassem.

Cuidadosamente, contou novamente as cabeças, para ter a certeza de que não tinha perdido ninguém. Em pé à entrada da caverna dos dragões, o Bocarra passara dez desagradáveis minutos a imaginar o motivo para tanta algazarra e o que ia dizer a Estoico, *o Enorme*, se perdesse de vez o seu precioso filho e herdeiro.

Devia ser alguma coisa Prudente e Sensível, mas Prudência e Sensibilidade não eram os pontos fortes do Bocarra, pelo que demorou os primeiros cinco minutos para arranjar um "O Hiccup estragou tudo, DESCULPA" e os últimos cinco minutos a arrancar a barba.

Como era óbvio, apesar de estar secretamente aliviado, não estava com Boa Disposição e, assim que recuperou o fôlego, explodiu enraivecido, enquanto os rapazes em fila e ensopados tremiam violentamente.

– NUNCA... em CATORZE ANOS... encontrei um grupo tão mau de CRUSTÁCEOS DESESPERADOS como vocês. QUAL DE VOCÊS FOI O INÚTIL MOLUSCO RESPONSÁVEL POR ACORDAR OS DRAGÕES????

– Fui eu – disse o Hiccup, o que não era bem verdade.

– Oh, isso é BRILHANTE – rugiu o Bocarra –, absolutamente BRILHANTE. O nosso Futuro Chefe mostra as suas magníficas Qualidades de Chefia. Com apenas dez anos e meio, ele faz o que pode para se aniquilar, a si próprio e ao grupo, NUM SIMPLES EXERCÍCIO MILITAR!

O Escarreta deixou fugir uma gargalhada.

– Achas que tem piada, é Escarreta? – perguntou o Bocarra, com uma suavidade ameaçadora. – VÃO TODOS COMER LAPAS NAS PRÓXIMAS TRÊS SEMANAS!

Os rapazes resmungaram.

– Bem jogado, Hiccup – troçou o Escarreta. – Estou ansioso para te ver em ação no campo de batalha.

– SILÊNCIO! – gritou o Bocarra. – ISTO É A VOSSA INICIAÇÃO, NÃO É UM PASSEIO PELO CAMPO! SILÊNCIO, OU VÃO ALMOÇAR MINHOCAS PARA O RESTO DAS VOSSAS VIDAS! Agora – continuou o Bocarra, mais calmamente –, apesar de ter sido uma confusão enorme, não foi um desastre completo. PRESUMO que todos vocês TENHAM um dragão depois daquele fiasco…?

– Sim – responderam os rapazes em coro.

O Perna-de-Peixe olhou de lado para o Hiccup, que olhava fixamente em frente.

– Sorte a vossa – disse o Bocarra de forma sinistra. – Portanto, todos passaram a primeira parte do Teste de Dragões. Contudo, ainda existem outras duas partes que têm de completar antes de se tornarem membros da tribo. A vossa próxima tarefa será treinarem esses dragões, o que revelará a força da vossa personalidade. Vão ter de impor a vossa vontade a esta criatura selvagem e mostrar-lhe quem é o chefe. O vosso dragão terá de obedecer a ordens simples como "vai" e "fica", e ir caçar-vos peixe tal como os dragões, desde que há memória, têm caçado para os Filhos de Thor. Se estão preocupados com o processo de treino devem estudar por um livro chamado *Como Treinares o Teu Dragão,* do Professor Confusão, que encontrarão junto à lareira do Salão Principal.

De repente, o Bocarra pareceu ficar extremamente orgulhoso de si próprio.

– Eu mesmo roubei aquele livro da Biblioteca Pública dos Idiotas – disse num tom modesto, enquanto olhava para as unhas muito sujas. – Mesmo debaixo do nariz do

Bibliotecário Cabelo-Pesadelo... Nem viu nada...
AQUILO é que foi roubar...

O Porco-Lutador levantou a mão.

– Senhor, então e se não soubermos ler?

– Calma, Porco-Lutador, não há problema! – gritou o Bocarra. – Arranja um idiota qualquer que to leia. Os vossos dragões vão voltar a adormecer porque ainda estão no período de hibernarem – de facto, alguns dos dragões tinham estado bastante quietos nos cestos –, por isso levem-nos para casa e ponham-nos num local quente. Eles devem acordar nas próximas duas semanas. Depois disso, terão apenas QUATRO MESES para se prepararem para o Dia da Iniciação, nas Celebrações da Quinta-feira de Thor, e para a última parte do vosso Teste. Se, nesse dia, me provarem a mim e aos outros anciãos que conseguiram treinar os vossos dragões, poderão finalmente dizer que são membros da Horda Hedionda.

Os rapazes endireitaram-se e tentaram parecer Hediondos a sério.

– HERÓIS OU EXILADOS! – berrou Bocarra, *o Arroto*.

– HERÓIS OU EXILADOS! – responderam-lhe fanaticamente oito rapazes.

"Exilados", pensaram tristemente o Hiccup e o Perna-
-de-Peixe.

♦♦♦

— Eu… odeio… ser… um… viking – disse o Perna-de-
-Peixe, de forma ofegante, ao Hiccup, enquanto
caminhavam com dificuldade, através da vegetação, até
à Aldeia dos Hediondos.

Na ilha de Berk, não se *caminhava* propriamente,
avançava-se com dificuldade, no meio da vegetação, da
lama ou da neve que se agarravam às pernas, tornando
difícil levantá-las. Era o tipo de território onde o mar
e a terra se encontravam e estavam sempre a misturar-se.
A ilha estava cheia de buracos escavados pela água, um
labirinto de rios subterrâneos que se cruzavam. Podia
pôr-se o pé numa superfície relvada de aparência firme
e ficar-se com lama escura e espessa até aos joelhos. Podia
estar-se a andar pela vegetação e de repente ficar-se no
meio de um rio gelado com água pela cintura.

Os rapazes já estavam encharcados da água do mar
e agora a neve dera lugar a uma chuva horizontal que lhes batia
na cara com a força dos vendavais que estavam permanentemente
a atravessar as terras salgadas e desoladas de Berk.

— Começar uma manhã de quinta-feira a escapar,
por um fio, de uma morte horrível – queixou-se o Perna-
-de-Peixe –, para logo a seguir ser alvo do desprezo dos
mais jovens da tribo… Depois disto ninguém vai falar
comigo durante ANOS, evidentemente sem contar
contigo, Hiccup, mas tu também não passas de um
esquisito como eu.

– Obrigado – disse o Hiccup.

– E para acabar – continuou tristemente o Perna-de-
-Peixe – uma corrida de três quilómetros com um dragão
irrequieto às costas – o cesto que estava aos ombros do
Perna-de-Peixe agitava-se violentamente, de um lado para
o outro, porque o dragão tentava sair a todo o custo –,
recompensada no fim com um jantar de lapas horrível.

O Hiccup concordou que não era um cenário muito
animador.

– Hiccup, se quiseres, posso devolver-te este dragão.
Desde já te aviso que são muito pesados quando estão
molhados e zangados – disse o Perna-de-Peixe queixoso.
– O Bocarra vai explodir como um tornado quando
descobrir que tu não tens dragão.

– Mas EU APANHEI um dragão – respondeu o Hiccup.

O Perna-de-Peixe parou e começou a tirar o cesto das costas.

– Na REALIDADE, tens razão, É teu – suspirou exausto. – Acho que nem vou parar na aldeia e que vou continuar a correr até encontrar um sítio civilizado. Talvez Roma. Sempre quis ir a Roma. De qualquer das formas, nem com a ajuda dos deuses tenho hipóteses de passar a Iniciação, por isso…

– Não, eu tenho *outro,* no meu cesto – revelou o Hiccup.

O Perna-de-Peixe ficou boquiaberto, sem acreditar no que ele dizia.

– Apanhei-o quando voltei ao túnel – explicou o Hiccup.

– Crustáceos me mordam – disse o Perna-de-Peixe. – Por amor de Thor, como é que deste por ele? Estava tão escuro que não se via um palmo à frente do nariz.

– Foi estranho – disse o Hiccup –, foi como se sentisse que ele estava ali enquanto corríamos pelo túnel. Não conseguia ver nada, mas quando estávamos a passar, eu *sabia* que havia ali um dragão e que estava destinado a ser o MEU dragão. Na verdade, eu ia ignorá-lo porque estávamos com pressa, mas depois tu disseste que não tinhas dragão e eu voltei, e… ali estava ele, a descansar numa saliência do túnel, tal como eu imaginara.

– Com mil medusas – disse o Perna-de-Peixe e os rapazes recomeçaram a correr.

O Hiccup estava cheio de feridas, a tremer de medo e tinha aquele golpe feio na barriga da perna, que lhe ardia loucamente por causa da água salgada. Estava gelado e numa das sandálias tinha uma alga irritante.

Também estava um pouco preocupado porque sabia que não devia ter arriscado a vida para apanhar um dragão para o Perna-de-Peixe. Um Herói Viking não agia assim. Um Herói Viking saberia que não devia intrometer-se entre o Perna-de-Peixe e o seu Destino.

Por outro lado, o Hiccup andava preocupado há muito tempo com o Dia de Apanhar O Dragão. Tinha a certeza de que iria ser o único a regressar sem dragão e que a vergonha, o embaraço e um exílio horrível o esperariam.

E agora, ali estava ele: um guerreiro viking COM um dragão.

Portanto, no geral, estava bastante satisfeito consigo mesmo.

As coisas estavam a compor-se.

♦♦♦

– Sabes, Hiccup – disse, pouco depois, o Perna-de-Peixe quando as muralhas de madeira da aldeia surgiram no horizonte –, teres sentido dessa maneira a presença do dragão parece coisa do Destino. Como se tivesse de acontecer. Podes ter aí dentro um dragão mágico… algo que faça um Pesadelo Monstruoso parecer uma rã voadora! Afinal, tu és o herdeiro do Chefe Estoico e já está na altura de o Destino te dar um sinal.

Os rapazes pararam, exaustos e sem fôlego.

– Oh, tenho a certeza de que é só um Comum ou Vulgar que se afastou dos outros – disse o Hiccup, fazendo-se desinteressado, mas sem conseguir esconder a emoção na voz. *Podia ter ali uma maravilha!*

Talvez o Velho Rugoso tivesse razão. O Velho Rugoso era o avô materno do Hiccup. Depois de envelhecer dedicara-se à adivinhação e não se cansava de dizer ao neto que vira o futuro e que o Hiccup estava destinado a feitos grandiosos.

Este dragão incrível podia ser o princípio da sua transformação do normal Hiccup de sempre, que não era especialmente bom em nada, em Herói do Futuro!

O Hiccup retirou o cesto das costas e fez uma pausa antes de o abrir.

– Está muito quieto, não está? – perguntou o Perna-de-Peixe, subitamente com menos confiança na teoria do Destino. – Isto é, nem sequer se está a mexer aí dentro. Tens a certeza de que está vivo?

– Está só a dormir muito profundamente – respondeu o Hiccup. – Estava frio que nem um bloco de gelo quando lhe peguei.

De repente, teve a forte sensação de que os deuses estavam do seu lado. SABIA que o dragão estava vivo.

Com os dedos a tremer, o Hiccup rodou o fecho, tirou a tampa do cesto e espreitou para dentro. O Perna-de-Peixe imitou-o.

As coisas já não pareciam tão boas.

Enroscado no fundo do cesto, num confuso nó de dragão, estava a dormir o talvez mais comum ou vulgaríssimo Dragão Comum ou Vulgar que o Hiccup já vira.

Sem dúvida, a *única* coisa extraordinária deste dragão era ele ser tão PEQUENO. Nisso, era *de facto* extraordinário.

A maioria dos dragões que os vikings usavam para caçar era do tamanho de um cão labrador. Os dragões adolescentes que os rapazes estavam a apanhar ainda não eram desse tamanho, mas *tinham* quase a altura máxima. Este dragão era mais comparável a um *terrier*.

O Hiccup nem conseguia entender como não percebera isso no momento em que apanhara o dragão no túnel. Supôs que, infelizmente, fora um instante de muita tensão, com três mil dragões a tentarem matá-lo. E os dragões quando estão num profundo Coma de Sono parecem pesar mais do que quando estão acordados.

— Bem — disse finalmente o Hiccup —, aí está um sinal, se quiseres. Tu tentas apanhar um Nadder Mortífero e ficas com o quê? Um Castanho Básico. Eu apanho um dragão no escuro e fico com o quê? Um Comum ou Vulgar. Em resumo, o que os deuses nos dizem é que nós somos gente Comum ou Vulgar. Tu e eu não fomos *feitos* para sermos heróis.

— EU não interesso... — disse o Perna-de-Peixe —, mas tu *estás* destinado a ser um Herói. Lembras-te? Filho do Chefe e tudo isso? Tu *vais ser* um Herói, eu sei que sim.

O Perna-de-Peixe voltou a colocar o cesto nas costas do Hiccup e, juntos, caminharam até às portas da aldeia.

– ... Pelo menos ESPERO sinceramente que sim. Não quero seguir o Escarreta para a guerra. Sabes mais de táticas militares no teu dedo mindinho do que o Escarreta em toda a sua cabeça gorda.

Embora aquilo pudesse ser verdade, o Hiccup, com este dragão em particular, não só *não* seria a estrela do Treino de Dragões como se esfumaria num segundo plano em que até a posição da sua família seria difícil garantir.

Era tão pequeno que até o faria parecer ridículo.

Era tão pequeno que o Escarreta ia ter coisas muito pouco simpáticas para dizer a seu respeito.

4. COMO TREINARES O TEU DRAGÃO

– AH! AH! AH!

O Escarreta ria-se tanto que não conseguia dizer nada.

Os rapazes andavam pela entrada da aldeia a mostrar os dragões que tinham apanhado. O Hiccup tentara passar despercebido, mas o Escarreta impedira-o.

– Vamos ver a criatura ridícula que o Hiccup apanhou – disse o Escarreta, destapando o cesto. – Oh, é BRILHANTE! Olhem para isto! – reforçou quando finalmente recuperou o fôlego depois de tanto rir. – O que É isto Hiccup? Um coelhinho castanho com asas? Uma fada das flores? Uma fofinha rã voadora? Venham cá todos ver o magnífico animal que o nosso Futuro Chefe apanhou!

– Oh, Hiccup, és um *inútil* – troçou o Punho-Rápido. – Pelo amor de Thor, és filho de um CHEFE. Porque é que não apanhaste um daqueles novos Pesadelos Monstruosos que têm asas com quase dois metros e garras extralongas? São assassinos mesmo cruéis, a sério.

— Eu tenho um — gabou-se o Escarreta, apontando para o terrível animal, vermelho-fogo, que estava a dormir no seu cesto. — Acho que lhe vou chamar MINHOCA--FLAMEJANTE. Como é que vais chamar ao teu, Hiccup? Ternurento? Docinho? Cara de Bebé?

Foi neste preciso momento que o dragão do Hiccup deu um bocejo enorme, abrindo a sua pequena boca, para revelar que tinha uma língua bifurcada oscilante, gengivas berrantes cor-de-rosa e que era COMPLETAMENTE DESDENTADO.

O Escarreta riu-se tanto que o Bafo teve de o segurar para ele não cair.

— DESDENTADO! — exclamou o Escarreta. — O Hiccup apanhou o único dragão SEM DENTES do mundo não civilizado! Isto é muito bom. Hiccup, o INÚTIL, e o seu dragão, DESDENTADO!

O Perna-de-Peixe veio em socorro do Hiccup.

– Bem, Estouvado Escarreta, não *te* é permitido ter o Pesadelo Monstruoso que levas aí. Só o filho de um Chefe é que pode ter um Pesadelo Monstruoso. Por direito, a Minhoca-Flamejante pertence ao Hiccup.

O Escarreta cerrou os olhos. Agarrou no braço do Perna-de-Peixe e torceu-lho para trás das costas.

– Ninguém te está a ouvir, meu coração de plâncton com pernas-de-peixe e colecionador de catástrofes – troçou o Escarreta. – Graças a ti e à alergia que te faz chorar e espirrar, aquela operação militar foi quase um falhanço total. Quando eu for Chefe desta tribo, a primeira coisa que vou fazer é expulsar da aldeia todos os que tiverem uma alergia tão patética como a tua. Não tens qualidades para pertenceres à Horda Hedionda.

O Perna-de-Peixe ficou muito pálido, mas mesmo assim conseguiu dizer com dificuldade:

– Mas tu NÃO vais ser Chefe desta tribo. O HICCUP é que vai ser o Chefe desta tribo.

O Escarreta largou o braço do Perna-de-Peixe e avançou ameaçadoramente na direção do Hiccup.

– Vai ser, não vai? – gozou o Escarreta. – Então, não tenho o direito de ter um Pesadelo Monstruoso, pois não? O nosso Futuro Chefe não parece muito incomodado com isso, pois não? Vamos lá, Hiccup, estou a roubar-te a herança. O que vais fazer, há?

Os rapazes estavam todos com um ar sério. De facto, o Escarreta infligira uma antiga regra viking...

– O Hiccup devia desafiar-te pela posse do dragão – disse lentamente o Perna-de-Peixe e todos se viraram para o Hiccup com expectativa.

– Oh, brilhante – murmurou o Hiccup entredentes. – Obrigado, Perna-de-Peixe. O meu dia está a ficar cada vez melhor.

O Escarreta era um rapaz muito bruto e, realmente, não precisava da ajuda do Bafo para dar cabo das outras pessoas. Usava umas sandálias, feitas por encomenda, com biqueira de bronze para causar os maiores estragos possíveis quando dava pontapés a alguém. Sempre que possível o Hiccup tentava evitá-lo.

Porém, agora que o Perna-de-Peixe fizera o favor de o sublinhar, não podia ignorar este insulto à sua posição sem parecer um cobarde perante os outros rapazes. E se alguém fosse identificado pela Horda Hedionda como cobarde, mais valia vestir um colete cor--de-rosa, aprender a tocar harpa e mudar de nome para Ermintrude.

— Por possuíres a dragoa Minhoca-Flamejante, que é minha por direito, eu desafio-te, Estouvado Escarreta. — Para tentar esconder o seu incómodo, o Hiccup disse-o no tom de voz mais alto e formal que conseguiu.

— Eu aceito o teu desafio — respondeu muito rapidamente o Escarreta, com um sorriso que lhe cobria a cara convencida e horrível. — Machados ou punhos?

— Punhos — disse o Hiccup. É que machados era uma ideia MESMO má.

— Estou ansioso por te mostrar como luta um verdadeiro Herói do Futuro — disse o Escarreta, mas depois lembrou-se de um detalhe. — Contudo, só DEPOIS da coisa da Iniciação, na Quinta-feira de Thor. É que ainda me posso magoar no dedo grande do pé, ou isso, enquanto corro contigo ao pontapé pela aldeia.

— O Hiccup pode ganhar! — exclamou o Perna-de-Peixe.

— CLARO que ele não vai ganhar — gabou-se o Escarreta. — Vê a minha aptidão atlética, a minha coragem de viking, a minha capacidade para a violência gratuita. Tenho tanta certeza de que vou ganhar quanta de que um dia serei Chefe desta tribo. Quer dizer, olha para o meu dragão e olha para o dragão DELE – apontou para o Desdentado com um ar de gozo. – Os deuses decidiram, é só uma questão de tempo. Entretanto – continuou o Escarreta –, vou viver com medo de ser mordido até à morte pela temível tartaruga desdentada do Hiccup.

Dizendo isto, o Escarreta afastou-se de forma arrogante e, enquanto o fazia, deu um pontapé feio nas canelas do Hiccup.

♦♦♦

– Perdoa-me a coisa do desafio – desculpou-se o Perna-de--Peixe depois de terem deixado debaixo das camas, nas suas casas, os cestos com os dragões.

– Oh, não te preocupes – disse o Hiccup. – De qualquer das formas um dos outros ter-me-ia colocado na mesma posição. Sabes como eles gostam de uma luta.

O Perna-de-Peixe e o Hiccup dirigiam-se para o Salão Principal à procura do livro que o Bocarra tinha recomendado: *Como Treinares o Teu Dragão,* do Professor Confusão.

Por acaso – confessou o Hiccup –, eu já sei algumas coisas sobre dragões, mas não faço a menor ideia de como começar a treinar um. Eu diria que são impossíveis de treinar. Estou mesmo ansioso por conhecer algumas sugestões.

O Salão Principal era uma confusão de jovens bárbaros a lutar, a berrar e a jogar um jogo viking muito popular, o batebola, que era um desporto de contacto com muita violência e com muito poucas regras.

O Hiccup e o Perna-de-Peixe encontraram o livro esquecido ao pé da lareira, praticamente no fogo.

O Hiccup nunca tinha reparado no livro.

Abriu-o.

(Incluí aqui uma réplica simples do livro *Como Treinares o Teu Dragão*, do Professor Confusão, para poderes partilhar com o Hiccup a experiência de abrir aquele livro pela primeira vez, cheio de esperança, interesse e curiosidade. Terás de imaginar que a capa é extraordinariamente grossa, que tem fivelas douradas gigantescas e que um escriba o escreveu cuidadosamente com letras originais, cor de ouro. É mesmo muito apelativo.)

COMO TREINARES O TEU DRAGÃO

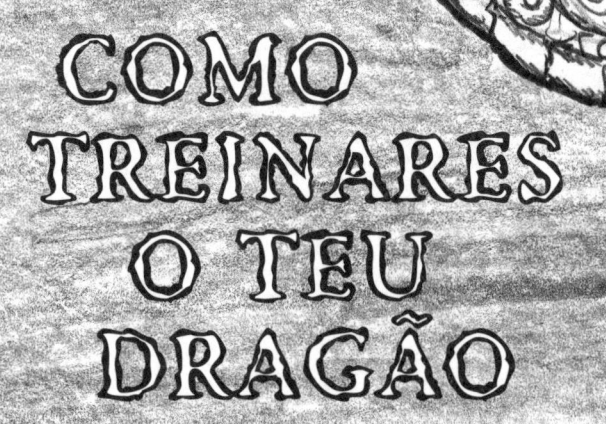

– POR –

PROFESSOR CONFUSÃO
Licenciado e Mestrado
pela Universidade de Cambridge, etc.

EDITORIAL DO GRANDE MACHADO
Edição Comemorativa do 10º aniversário

Vencedor do Prémio
Medalha de Ouro
para
Melhor Livro para
Bárbaros

Este livro é dedicado à Mamã com muito amor do seu Querido Confuso.

Direitos de Autor © Professor Confusão,
Era das Trevas

O editor, Editorial do Grande Machado Ltd,
gostaria de informar que não se
responsabiliza por quaisquer ferimentos
que resultem da tentativa de seguir
os conselhos contidos neste livro.
Obrigado pela atenção.

BERUFIÃO É UMA MENINA

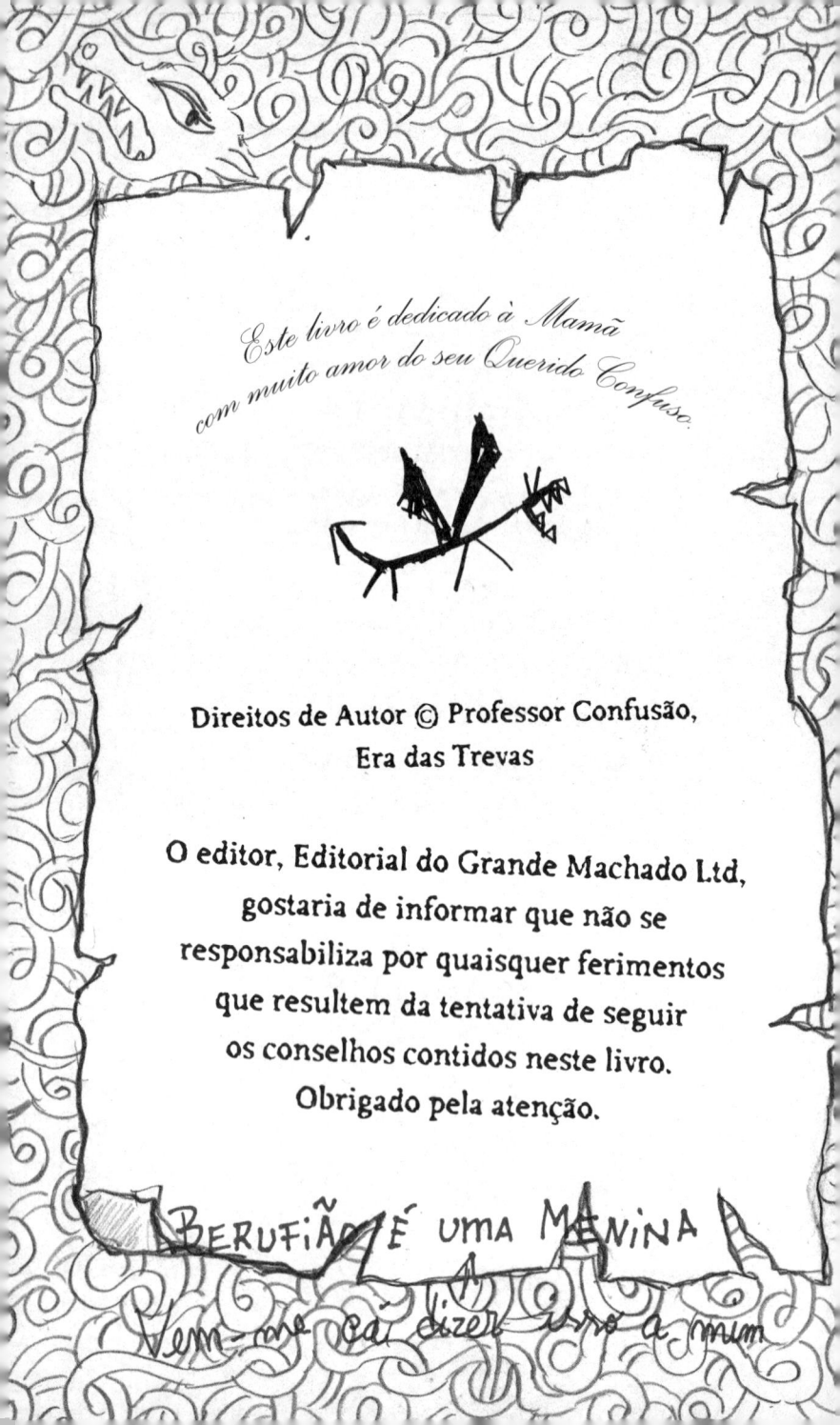

Vem-me cá dizer isso a mim

BIBLIOTECA PÚBLICA
DOS IDIOTAS

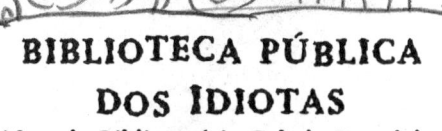

Nota do Bibliotecário Cabelo-Pesadelo:
Por favor devolva este livro antes que expire
a data marcada ou eu vou ficar
MUITO ABORRECIDO. Acho que entende
o que eu quero dizer.

10 DE JUNHO	789	D. C.
9 DE ABRIL	835	D. C.
16 DE MAIO	866	D. C.

NÃO RETIRE ESTE LIVRO
OU DAMOS CABO DE SI!!!

O MEU PAI É MAIS FORTE QUE O TEU PAI

nem PENSES

O meu PAI CONSEGUIA COMER O TEU PAI

AO PEQUENO-ALMOÇO

SOBRE O AUTOR

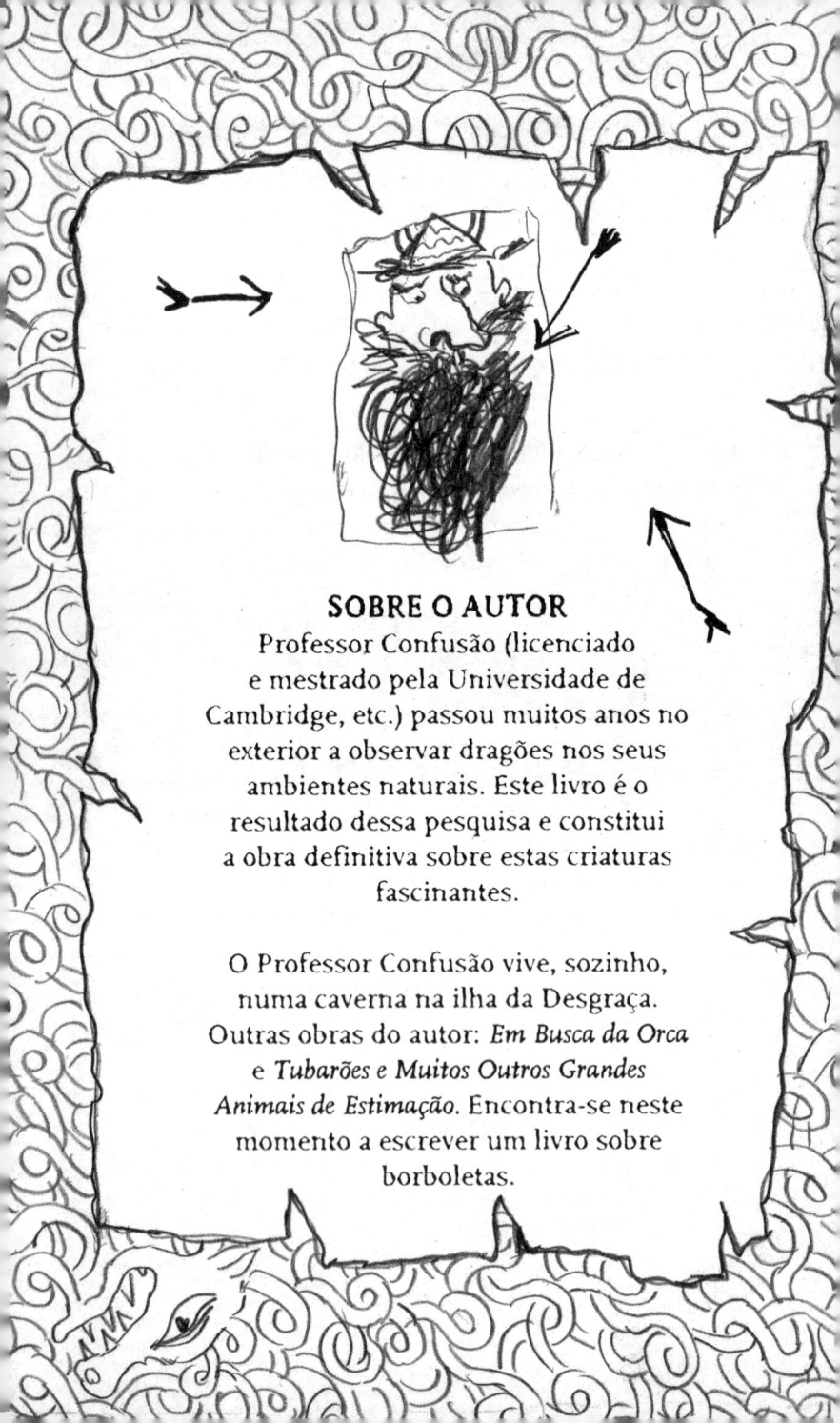

Professor Confusão (licenciado e mestrado pela Universidade de Cambridge, etc.) passou muitos anos no exterior a observar dragões nos seus ambientes naturais. Este livro é o resultado dessa pesquisa e constitui a obra definitiva sobre estas criaturas fascinantes.

O Professor Confusão vive, sozinho, numa caverna na ilha da Desgraça. Outras obras do autor: *Em Busca da Orca* e *Tubarões e Muitos Outros Grandes Animais de Estimação*. Encontra-se neste momento a escrever um livro sobre borboletas.

CAPÍTULO PRIMEIRO
(E ÚLTIMO)

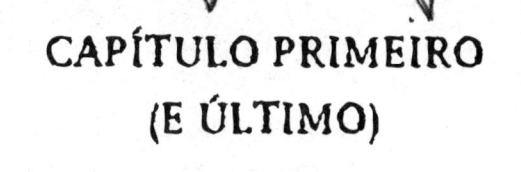

A Regra de Ouro do Treino
de um Dragão é...

GRITA COM ELE!

(Quanto mais alto melhor.)

FIM

TU, como é que treinarias um dragão?

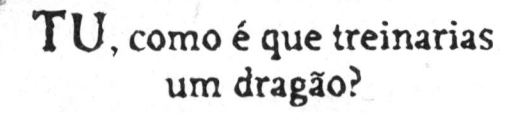

Descobre TODAS as respostas no interior deste livro cheio de informação e de entretenimento do Professor Confusão. Segue o seu conselho simples e em pouco tempo vais tornar-te o Herói que sempre quiseste ser...

Críticas a *Como Treinares o Teu Dragão*:
"Este livro mudou a minha vida."
– Cara-de-Lula, o Terrível

"Um livro brilhante." – Revista *O Idiota*

"Ninguém berra melhor do que o Professor Confusão. Um livro inteligente, bem fundamentado, que contém toda a informação necessária para transformar o teu dragão num gatinho." – *O Observador dos Selvagens*

"Confusão é um génio." – *O Times dos Vikings*

PREÇO: 1 GALINHA PEQUENINA
20 OSTRAS

– SÓ ISTO??! – exclamou o Hiccup, furioso, enquanto virava o livro de cabeça para baixo e abanava para ver se, para além daquela folha de papel, encontrava mais alguma coisa dentro dele.

O Hiccup pousou o livro. Estava com um ar mesmo zangado.

– Muito bem, Perna-de-Peixe – disse –, a não ser que sejas melhor do que eu a berrar, estamos sozinhos. Teremos de inventar o nosso *próprio* método para treinar um dragão.

Estoico, o ENORME

5. UMA CONVERSA COM O VELHO RUGOSO

Na manhã seguinte, o Hiccup olhou para debaixo da cama. O dragão estava lá, ainda a dormir.

Ao pequeno-almoço, a mãe, Valhallarama, perguntou-lhe:

– Como é que correu ontem a Iniciação, querido?

O Hiccup respondeu:

– Oh, correu bem. Apanhei o meu dragão.

– Que bom, querido – disse a Valhallarama, distraída.

Estoico, *o Enorme* levantou brevemente os olhos da tigela e gritou "EXCELENTE, EXCELENTE" antes de voltar à importante tarefa de meter comida na boca.

Depois do pequeno-almoço, o Hiccup foi sentar-se ao lado do avô, que fumava um cachimbo no degrau em frente de casa. Estava uma manhã de inverno linda, límpida e fria, sem nenhuma brisa e com o mar em volta sem ondas, como se fosse um espelho.

O Velho Rugoso soprou anéis de fumo, satisfeito, enquanto observava o Sol a nascer. O Hiccup tremia e atirava pedras para os arbustos. Durante muito tempo mantiveram-se silenciosos.

Por fim, o Hiccup disse:

– Apanhei o tal dragão.

– Eu disse-te que ias conseguir, não disse? – retorquiu o Velho Rugoso, muito satisfeito consigo mesmo. Depois de envelhecer tinha-se dedicado a adivinhar o futuro, a maior parte das vezes sem sucesso. Prever o futuro é muito complicado. Portanto, estava especialmente satisfeito por ter acertado desta vez.

– Previste uma criatura extraordinária – refilou o Hiccup. – Disseste que seria um dragão realmente *fora do comum*, um animal que me destacaria da multidão.

– É um facto – concordou o Velho Rugoso. – Os ossos não enganam.

– A *única* coisa extraordinária deste dragão – continuou o Hiccup – é ele ser *extraordinariamente* PEQUENO. Nisso é mesmo completamente fora do normal. Sou mais gozado do que nunca.

– Oh, querido – confortou-o o Velho Rugoso, enquanto sorria por detrás do cachimbo.

O Hiccup olhou-o de forma crítica. O Velho Rugoso apressou-se a disfarçar o sorriso com uma tosse.

– O tamanho é relativo, Hiccup – afirmou o Velho Rugoso. – Comparados com um verdadeiro dragão-marinho, estes dragões são TODOS muito pequenos. Um VERDADEIRO dragão-marinho tem cinquenta *vezes* o tamanho dessa pequena criatura. Um verdadeiro dragão-marinho do fundo do oceano consegue engolir dez grandes navios vikings de uma só vez, sem pestanejar. Um verdadeiro dragão-marinho é um mistério cruel e inesperado como o próprio oceano, num momento calmo como uma concha noutro agitado como um polvo.

– Bom, aqui em Berk – disse o Hiccup –, onde não há dragões-marinhos para comparação, o meu dragão é consideravelmente mais pequeno do que o de todos os outros. Estás a fugir à questão.

– Estou? – retorquiu o Velho Rugoso.

– A questão é que eu não percebo como é que me vou tornar um Herói – afirmou o Hiccup desmoralizado. – Sou o rapaz menos Heroico de toda a Horda Hedionda.

– Oh, que se dane esta tribo ridícula – disse o Velho Rugoso, irritado. – Muito bem, tu não és aquilo a que chamamos um Herói nato. Não és grande, nem duro, nem carismático como o Escarreta, mas vais ter de trabalhar para isso. Vais ter de aprender a ser um Herói da Maneira mais Difícil. De qualquer maneira, pode ser disso mesmo que a nossa tribo precisa, de uma mudança na maneira como somos chefiados. Os tempos estão a mudar, já não chega ser maior e mais violento do que todos os outros. IMAGINAÇÃO. É disso que eles precisam e é isso que tu tens. Um Herói do Futuro, mais do que grande e muito musculado, vai ter de ser inteligente e esperto. Vai ter de impedir as guerras internas e de unir todos para enfrentarem o inimigo comum.

– Como é que eu vou convencer alguém a fazer alguma coisa? – perguntou o Hiccup. – Já me começaram a chamar HICCUP, *O INÚTIL*. E esse não é um grande nome para um Chefe Militar.

– Tens de ver mais além – continuou o Velho Rugoso, ignorando-o. – Chamam-te nomes. Não tens jeito para o batebola. Isso interessa a quem? São problemas muito pequenos se pensares nas coisas em geral.

– É muito fácil para ti dizeres que são problemas pequenos – disse o Hiccup, zangado. – A questão é que eu tenho MUITOS problemas pequenos. Até à Quinta-feira de Thor tenho de treinar este dragão extremamente pequeno ou vou ser expulso, para sempre, da Horda Hedionda.

– Ah, sim? – perguntou o Velho Rugoso, pensativo. – Há um livro sobre isso, não há? Diz-me, como é que o grande Professor da Universidade dos Idiotas acha que deves treinar o teu dragão?

– Ele acha que se deve gritar com os dragões – respondeu o Hiccup, desanimado, enquanto recomeçava a atirar pedras. – Esse tipo de comportamento deve mostrar à criatura selvagem quem é o chefe, utilizando todo o encanto e sedução de que se é capaz. Sou tão sedutor como uma alforreca à deriva e gritar é só mais uma coisa em que sou inútil.

— S-s-sim – disse o Velho Rugoso –, mas se calhar vais ter de treinar o teu dragão da Maneira mais Difícil. Conheces muito bem os dragões, não conheces, Hiccup? Com toda a observação de dragões que tens feito ao longo dos anos...

— Isso é segredo – avisou o Hiccup, desconfortável.

— Já te vi a falar com eles – afirmou o Velho Rugoso.

— Isso **NÃO É VERDADE** – protestou o Hiccup, enquanto corava como um tomate.

— Muito bem, não é verdade – tranquilizou-o o Velho Rugoso enquanto fumava serenamente o seu cachimbo.

Por instantes, fez-se silêncio.

— É *verdade* – admitiu o Hiccup – mas, por amor de Thor, não digas a ninguém; eles não compreenderiam.

— Falar com dragões é uma qualidade muito rara – observou o Velho Rugoso. – Se, em vez de berrares, falares com ele talvez consigas treinar melhor o teu dragão.

— Isso é uma ideia simpática e bastante comovente – disse o Hiccup –, mas um dragão não é um animal dócil como um cão, um gato ou um pónei. Um dragão não vai fazer o que lhe dizes só porque lhe pedes "por favor". Do que conheço dos dragões, devo dizer que gritar com eles me parece um método bastante bom.

— Mas tem as suas limitações, não tem? — destacou o Velho Rugoso. — Eu diria que gritar é muito eficaz para os dragões mais pequenos do que um leão-marinho, mas completamente suicida com os maiores. Porque é que não inventas um método diferente de treinar dragões? Se calhar até és capaz de conseguir completar o livro do Professor Confusão. Sempre achei que lhe faltava alguma coisa… mas não sei bem o quê…

— PALAVRAS — disse o Hiccup. — Aquele livro precisa de muitas mais palavras.

6. ENTRETANTO, NO FUNDO DO OCEANO

Entretanto, no fundo do oceano, mas não muito longe da ilha de Berk, estava a dormir, nas profundezas do mar, um verdadeiro dragão-marinho como os que o Velho Rugoso estivera a descrever. Estava ali há tanto tempo que quase parecia fazer parte do fundo do mar, uma montanha subaquática gigante, coberta de conchas e crustáceos, com alguns membros meio enterrados na areia.

Gerações sucessivas de pequenos caranguejos tinham nascido e morrido nas orelhas do dragão. Dormia há muitas centenas de anos porque fizera uma grande refeição. Tivera a sorte de apanhar uma legião romana acampada no topo de uma falésia – tinham sido completamente dizimados e ele passara uma tarde feliz a devorá-los todos, desde o general até ao soldado raso. Cavalos, carroças, lanças e escudos, tudo escorregou pela voraz garganta do réptil. E apesar de as rodas de ouro das carroças serem, na dieta de um dragão, uma fonte adicional de fibras, demoram algum tempo a digerir.

O dragão rastejara até às profundezas do oceano e entrara em Coma de Sono. Os dragões conseguem permanecer uma eternidade neste estado, meio mortos, meio vivos, submersos debaixo de muitos metros de água gelada. Este dragão, em particular, não se mexia há seis ou sete séculos.

Porém, na semana anterior, uma orca que perseguira algumas focas a uma profundidade inesperada ficou admirada por ver um ligeiro movimento na pálpebra superior do olho direito do dragão. Uma antiga recordação atravessou a cabeça da baleia-assassina e esta nadou para longe dali tão depressa quanto as suas barbatanas conseguiram. Uma semana depois, o mar em volta do Dragão-Montanha – que anteriormente estava cheio de caranguejos, lagostas e muitos cardumes de peixes – transformara-se num grande deserto aquático. Nenhum molusco abanava, nenhum crustáceo se mexia.

O único sinal de vida existente nos muitos quilómetros em redor era a rápida agitação das pálpebras do dragão para cima e para baixo, como se ele tivesse subitamente entrado num sono mais leve, a sonhar sabe-se lá com o quê.

7. O DESDENTADO ACORDA

O Desdentado acordou cerca de três semanas depois. O Perna-de-Peixe e o Hiccup estavam em casa deste último. Todos tinham saído e, por isso, o Hiccup decidiu aproveitar a oportunidade para ir ver como estava o Desdentado. Puxou o cesto que estava debaixo da cama. Uma fina névoa de fumo azulado erguia-se da tampa.

O Perna-de-Peixe assobiou.

– Está vivo, sim senhor – disse o Pernas.

O Hiccup abriu o cesto.

Uma nuvem de fumo elevou-se no ar, fazendo o Hiccup e o Perna-de-Peixe tossir. O Hiccup abanou a mão para a dissipar. Quando parou de lacrimejar, conseguiu ver um dragão Comum muito pequeno, que olhava para ele com uns olhos verdes enormes e inocentes.

– Olá, Desdentado[*] – cumprimentou o Hiccup com o que esperava ser uma boa pronúncia de dragonês.

– O que é que estás a fazer? – perguntou o Perna-de-Peixe com curiosidade. O dragonês, quando é falado pelos humanos, pronuncia-se com gritos estridentes, estalidos e sons *muito* estranhos.

---

[*] Naturalmente, isto deve ser lido "Coomocequeestaas", mas transpus para português para ajudar os leitores que têm o dragonês enferrujado. Para um curso rápido deste idioma fascinante, lê, por favor, o livro do Hiccup, *Como Falar Dragonês*.

~APRENDER A FALAR DRAGONÊS~

Introdução

Para treinares o teu dragão sem usares os métodos tradicionais de berrar com ele, precisas primeiro de aprender a falar dragonês. Os dragões são a única espécie que fala uma linguagem tão complicada e sofisticada como os humanos.

Para ficares com uma ideia,
aqui estão algumas frases populares em dragonês:

Nee-ah cocco denno di casus, ee fach favur.
Por favor, não faças cocó dentro de casa.

Mi mama no gochtar de yummy no bum.
A minha mãe não gosta de ser mordida no rabo.

Pudis coxpir me amigui, ee fauch favur?
Por favor, podes cuspir o meu amigo?

Fauch maisumavex.
Vamos tentar de novo.

– Estou só a falar com ele – murmurou o Hiccup, muito embaraçado.

– Só a *falar* com ele!? – exclamou o Perna-de-Peixe, surpreendido. – O que queres *dizer* com isso de falar com ele? Não lhe podes falar, é um ANIMAL, por amor de Thor!

– Oh, cala-te, Perna-de-Peixe – respondeu o Hiccup impaciente. – Estás a assustá-lo.

O Desdentado inspirou, expirou e expeliu alguns anéis de fumo. E, como é hábito dos dragões quando estão zangados ou com medo, encheu o pescoço de ar para parecer maior.

Finalmente ganhou coragem para esticar as asas e voar até ao braço do Hiccup. Caminhou até ao ombro do Hiccup que virou a cara na sua direção.

O Desdentado encostou a testa à do Hiccup e olhou-o nos olhos de forma intensa e solene. Ficaram assim sem se mexerem, focinho contra nariz, cerca de sessenta segundos. O Hiccup teve de piscar os olhos várias vezes porque o olhar de um dragão é hipnótico e dá-nos a desconfortável sensação de estar a sugar-nos a alma.

No momento em que o Hiccup estava a pensar "Uau, isto é espantoso, estou mesmo a comunicar com ele!", o Desdentado dobrou-se e mordeu-lhe o braço.

O Hiccup gritou e tirou o Desdentado de cima dele.

– P-p-peixe – sibilou o Desdentado, enquanto pairava no ar em frente do Hiccup. – Q-q-q-quero peixe JÁ!

— Não tenho peixe – disse o Hiccup em dragonês, enquanto esfregava o braço. Felizmente, o Desdentado não tinha dentes, mas, como os dragões têm mandíbulas fortes, ainda doía.

O Desdentado mordeu-o no outro braço.

— P-P-P-PEIXE! – voltou a dizer.

— Estás bem? – perguntou o Perna-de-Peixe. – Nem acredito que te estou a perguntar isto, mas o que é que ele te está a dizer?

— Ele quer comer – explicou o Hiccup, enquanto esfregava irritado os dois braços. Depois, tentou fazer uma voz forte mas agradável; para domar a criatura pela força da personalidade, como o Bocarra tinha dito. – Mas NÓS NÃO TEMOS PEIXE.

— Está bem – disse o Desdentado –, como o gato.

Lançou-se sobre o Bolas, que marinhou pela parede mais próxima e lançou um grito de terror.

O Hiccup conseguiu agarrar no Desdentado pela cauda quando ele se preparava para voar atrás do gato. O dragão lutou de forma selvagem, enquanto gritava:

— QUERO P-P-PEIXE JÁ! QUERO C-C-COMIDA JÁ! OS GATOS SÃO SABOROSOS! QUERO COMIDA JÁ!

– Não TEMOS peixe – repetiu, entredentes, o Hiccup a sentir que a sua calma se estava a esgotar – e não podes comer o gato: eu gosto dele.

De um barrote, no topo do teto, o Bolas miou indignado.

Puseram o Desdentado no quarto do Estoico, que tinha um problema de ratos.

Por uns tempos ele ficou satisfeito por caçar ratos desesperados que guinchavam, mas acabou por se cansar e começou a atacar o colchão.

– PARA! – gritou o Hiccup, enquanto voavam penas por todo o lado.

Em resposta, o Desdentado vomitou no meio da almofada do Estoico os restos de um rato acabado de comer.

– Aaaaaargh! – fez o Hiccup.

– AAAAAAAAAAAAAAAAAARGH! – fez Estoico, *o Enorme*, que, nesse preciso momento, tinha acabado de entrar no quarto.

O Desdentado lançou-se na direção da barba de Estoico, *o Enorme*, confundindo-a com uma galinha.

– Afasta-o de mim! – gritou o Estoico.

– Ele não me obedece – informou o Hiccup.

– Grita-lhe MUITO ALTO – berrou o Estoico, MUITO ALTO.

O Hiccup gritou o mais alto que conseguiu:

– Fazes o favor de parar de comer a barba do meu pai?

Tal como o Hiccup suspeitara, o Desdentado não lhe prestou atenção.

"Eu SABIA que ia ser um inútil a berrar", pensou o Hiccup com tristeza.

– JÁPARABAIXOSEURÉPTILNOJENTO! – berrou o Estoico.

O Desdentado desceu.

– Vês? – disse o Estoico. – É *assim* que se lida com dragões.

O Hálito-de-Tritão e o Dente-de-Gancho, os dragões de caça do Estoico, entraram no quarto. O Desdentado ficou paralisado enquanto eles, de olhos amarelos e diabolicamente cintilantes, passeavam à sua volta. Cada um tinha o tamanho aproximado de um leopardo, e estavam tão satisfeitos com a chegada do Desdentado como um par de gatos gigantes fica com a de um gatinho adorável.

– Saudações, companheiro cuspidor de fogo – sibilou o Hálito-de-Tritão, enquanto cheirava o forasteiro encolhido.

– Temos de esperar – ronronou ameaçador o Dente-de-Gancho – até estarmos a sós contigo para te dar a receção que mereces. – Com uma pata deu uma pancada perversa no recém-chegado. Uma garra que mais parecia uma faca de cozinha feriu, na cauda, o Desdentado, que guinchou e se meteu debaixo da túnica do Hiccup, até ficar apenas com a cauda de fora.

– DENTE-DE-GANCHO! – rugiu o Estoico.

– A minha garra escapou – desculpou-se o Dente-de-Gancho.

– SAIAMDAQUIANTESQUEVOSTRANSFOME EMSACOSDEMÃO! – berrou o Estoico, e o Dente--de-Gancho e o Hálito-de-Tritão saíram, resmungando por entredentes obscenas maldições de dragão. – Como estava a dizer – continuou Estoico, *o Enorme* –, é ASSIM que se lida com um dragão.

O Estoico olhava para o Desdentado com uma invulgar aflição.

– Filho – disse o Estoico, com esperanças de que pudesse haver algum mal-entendido –, este é o *teu* dragão?

– Sim, pai – admitiu o Hiccup.

– É muito… bem… é muito… PEQUENO, não é? – disse o Estoico, devagar.

O Estoico não era muito observador, mas até *ele* reparara que este dragão era excecionalmente pequeno.

– … e não tem dentes.

Fez-se um silêncio constrangedor.

O Perna-de-Peixe tentou ajudar o Hiccup.

– É por ser uma espécie muito invulgar – disse o Perna--de-Peixe. – São uma espécie única e… hum… violenta chamada Desdentados de Sonho, com um grau de parentesco muito distante dos Pesadelos Monstruosos, mas são muito mais impiedosos e tão raros que estão praticamente extintos.

– A sério? – perguntou o Estoico, duvidando da história do Desdentado de Sonho. – Parece-me só um Comum ou Vulgar.

– Ahhh, Chefe, com todo o respeito – disse o Perna-de-Peixe –, aí é que está ENGANADO. Para o amador e, de facto, para as suas vítimas, ele é *exatamente* igual a um Comum ou Vulgar, mas, se olharmos com mais atenção, conseguimos ver o símbolo característico de um Sonhador – acrescentou o Perna-de-Peixe enquanto apontava para uma verruga na ponta do nariz do Desdentado – que os diferencia da espécie mais comum.

– Por Thor, tens razão! – espantou-se o Estoico.

— Além disso, este não é um Desdentado de Sonho *qualquer* — prosseguiu o Perna-de-Peixe, que já estava a ir longe demais. — Este dragão em particular tem **SANGUE REAL**.

— Não acredito! — exclamou, muito impressionado, o Estoico, que era bastante orgulhoso.

— Acredite — completou o Perna-de-Peixe muito sério. — O seu filho roubou nada mais, nada menos do que o filho do rei Dentes-de-Sabre, o chefe dos répteis da Falésia do Dragão Selvagem. Os Sonhadores de sangue real têm tendência para nascerem pequenos, mas crescem até atingir um tamanho **IMPRESSIONANTE, GIGANTESCO** até.

— Tal como tu, Hiccup, né? — comentou o Estoico, a rir, enquanto fazia uma festa na cabeça do filho.

A barriga do Estoico queixou-se, fazendo um barulho que parecia uma distante explosão subterrânea.

— Acho que está na hora de comer um jantarzinho. Limpem esta confusão toda, está bem, rapazes?

O Estoico afastou-se aliviado por ter recuperado a confiança no filho.

— Obrigado, Perna-de-Peixe — agradeceu o Hiccup. — Estavas inspirado.

— Não tens de quê — respondeu o Perna-de-Peixe. — Eu estava em dívida contigo, depois de te ter embrulhado num combate com o Escarreta.

— De qualquer maneira, o meu pai vai acabar por descobrir — concluiu o Hiccup com tristeza.

— Não necessariamente — contestou o Perna-de-Peixe. — Repara na conversa que estavas a ter com o Desdentado de Sonho. Foi INCRÍVEL. INACREDITÁVEL. Nunca tinha visto nada assim. Vais treiná-lo num piscar de olhos.

— Eu estava a falar com ele — esclareceu o Hiccup —, mas ele não ouviu uma única palavra do que eu disse.

♥♥♥

Nessa noite, quando chegou a hora de se ir deitar, o Hiccup não queria deixar o Desdentado ao pé da lareira com o Hálito-de-Tritão e o Dente-de-Gancho.

— Posso levá-lo para a cama comigo? — perguntou ao pai.

— Um dragão é um animal de trabalho — respondeu Estoico, *o Enorme*. — Muitos beijos e abraços vão fazê-lo perder o seu instinto cruel.

— Mas o Hálito-de-Tritão vai matá-lo se o deixar sozinho com eles.

O Hálito-de-Tritão soltou um ronco de agradecimento.

— Com todo o prazer — sibilou.

– Que disparate – rosnou o Estoico, já que, como não sabia falar dragonês, não tinha percebido a última intervenção do Hálito-de-Tritão. Fez uma festa amigável em torno dos chifres do seu dragão. – O Hálito-de-Tritão só quer brincar. Este tipo de brigas e brincadeiras só faz bem a um jovem dragão. Faz com que ele aprenda a defender-se.

O Dente-de-Gancho pôs de fora as garras que pareciam facas e tamborilou com elas na lareira.

O Hiccup fingiu que se despedia do Desdentado junto à lareira, mas levou-o, debaixo da túnica, escondido para o quarto.

– Não podes fazer barulho – alertou com firmeza, enquanto subia para a cama, e o dragão acenou de forma excitada. Na realidade, ressonou imenso nessa noite, mas o Hiccup nem deu por nada.

O Hiccup passara todo o inverno em Berk em diversas situações de "muito frio", que iam do "moderadamente frio" até ao "completamente gelado". Como era considerado piegas dormir com muitos cobertores, o Hiccup normalmente ficava umas horas acordado, a tremer, até conseguir adormecer num sono leve.

Porém, agora, quando o Hiccup esticou os pés contra as costas do Desdentado, sentiu as ondas de calor vindas do pequeno dragão invadirem-lhe as pernas e aquecerem-lhe o estômago, o coração e até a cabeça que, durante seis meses, não tinha estado *verdadeiramente* quente. Até tinha as orelhas quentinhas. Dormiu tão profundamente que teriam sido necessários seis fortes dragões a ressonar para o acordarem.

8. TREINAR UM DRAGÃO DA MANEIRA MAIS DIFÍCIL

Conhecendo os dragões como o Hiccup conhecia, ainda acreditava que berrar era a maneira mais fácil de os treinar. Por isso, nas semanas seguintes, gritou com o Desdentado para o educar. Tentou berrar alto, de forma firme e dura. Pôs o ar mais zangado de que foi capaz. No entanto, o Desdentado não o conseguia levar a sério.

Numa manhã em que o Desdentado, ao pequeno-almoço, roubou um peixe do prato do Hiccup, este finalmente desistiu da gritaria. O Hiccup soltou o seu berro mais cruel e assustador e o Desdentado limitou-se a dirigir-lhe um olhar perverso e derrubou, com a cauda, tudo o resto.

Para o Hiccup foi o fim dos gritos.

– Muito bem – afirmou o Hiccup –, vou tentar ir por outro caminho.

Desde então, foi o mais simpático possível para o Desdentado. Deu ao dragão a parte mais confortável da cama e ele próprio ficou na pontinha, equilibrando-se para não cair.

Alimentou-o com quantos peixes e lagostas ele quis. Só o fez uma vez, visto que o dragão não parou de comer até ficar muito maldisposto.

Durante horas e horas brincou com ele, contou-lhe piadas, trouxe-lhe ratos para comer e coçou-lhe as costas onde ele não chegava.

Tornou a vida daquele dragão tão agradável quanto possível.

♥♥♥

Em meados de fevereiro, em Berk, o inverno começou a chegar ao fim e a época da neve foi substituída pela época das chuvas. Era o género de clima em que a roupa nunca secava, não havia hipóteses. À noite, antes de ir para a cama, o Hiccup pendurava a túnica junto à lareira e de manhã *ainda* estava molhada. Quentinha em vez de gelada, mas mesmo assim MOLHADA.

Nesta época, o chão da aldeia transformava-se num autêntico lamaçal.

– Por amor de Woden, o que é que estás a fazer!? – exclamou o Perna-de-Peixe quando encontrou o Hiccup a cavar um grande buraco do lado de fora da casa.

– Estou a construir uma poça de lama para o Desdentado – respondeu, ofegante, o Hiccup.

– Estás mesmo a mimar esse dragão – disse o Perna--de-Peixe enquanto abanava a cabeça.

– É psicológico – respondeu o Hiccup. – É inteligente e subtil, contrariamente a essa gritaria, tipo homem das cavernas, que fazes com a Vaca-Aterradora.

O Perna-de-Peixe tinha chamado à sua dragoa Vaca-
-Aterradora.

A parte do "aterradora" era para fazer com que o pobre animal pelo menos parecesse um pouco assustador. A parte da "vaca" era porque para dragoa *era* mesmo parecida com uma vaca – uma criatura grande, pacífica e castanha, muito dócil. O Perna-de-Peixe até suspeitava que ela era vegetariana.

– Estou sempre a apanhá-la a mordiscar madeira – refilou. – SANGUE, Vaca-Aterradora, SANGUE. É isso que deverias querer!

Seja como for, talvez o Perna-de-Peixe *fosse* melhor a gritar do que o Hiccup, ou se calhar a Vaca-Aterradora era mais preguiçosa e compreensiva do que o Desdentado, pois na verdade a Vaca-Aterradora estava a ser bastante fácil de treinar pelo método dos gritos.

– Muito bem, Desdentado, está pronta – disse o Hiccup. – Aproveita o banho.

O Desdentado parou de caçar ratazanas e atirou-se para a lama. Virou-se e reviravou-se no lamaçal a estender as asas e a sorrir de felicidade.

– Estou a criar laços com ele – explicou o Hiccup. – Assim ele vai querer fazer o que eu lhe peço.

– Hiccup – disse o Perna-de-Peixe, enquanto o Desdentado aspirava um bom bocado de lama e a cuspia na cara do amigo –, eu posso não saber muito de dragões, mas *sei* que são as criaturas mais egoístas à face da terra. Nenhum dragão vai fazer o que tu queres por gratidão. Os dragões não sabem o que é gratidão. Desiste. Isto **NUNCA VAI RESULTAR.**

– O que se passa connosco, d-d-dragões – acrescentou amavelmente o Desdentado –, é que somos s-s-sobreviventes. Não somos gatos s-s-sentimentais nem cães p-p-patetas que a-a-adoram os seus chefes e coisas nojentas dessas. Só obedecemos ao h-h-homem porque é m-m-maior e nos dá comida.

– O que está ele a dizer? – perguntou o Perna-de-Peixe.

– Mais ou menos o mesmo que tu – esclareceu o Hiccup.

– N-n-nunca confies num dragão! – exclamou o Desdentado, enquanto saltava alegremente para fora do lamaçal e apanhava um molusco que o Hiccup lhe tinha arranjado. (O Desdentado gostava muito de moluscos. "P-p-parecem mesmo macacos do nariz", dizia.) – Foi isso que a minha m-m-mãe me ensinou no ninho e ela sabia.

O Hiccup suspirou. Era um facto. Embora um pouco exigente, o Desdentado era encantador e uma ótima companhia. No entanto, bastava olhar-lhe para os olhos grandes, inocentes e pestanudos para perceber que não era bem-comportado. Eram os olhos dos antepassados, os olhos de um criminoso. Era como ser amigo de um crocodilo ou de um tubarão.

O Hiccup limpou a lama da cara.

– Vou pensar noutra coisa – disse.

♦♦♦

A fevereiro seguiu-se março e o Hiccup ainda estava a pensar. Algumas flores cometeram o erro de aparecer e foram imediatamente aniquiladas por fortes geadas, e por isso não voltaram a aparecer.

O Perna-de-Peixe já conseguira ensinar à Vaca--Aterradora as ordens de "vai" e "fica". O Hiccup ainda lutava com o Desdentado para o ensinar a usar a casa de banho.

– NÃO SE FAZ COCÓ NA COZINHA – disse o Hiccup pela centésima vez enquanto, depois de mais um acidente, levava o Desdentado para a rua.

– Na cozinha está mais c-c-calor – queixou-se o Desdentado.

– Mas o cocó faz-se na RUA, tu SABES disso – lembrou-lhe o Hiccup, extenuado.

De imediato, o Desdentado encheu de cocó as mãos e a túnica do Hiccup.

– Faz-se na RUA, faz-se na RUA, faz-se na RUA – gritou o Desdentado.

Neste momento inoportuno, o Estouvado Escarreta e o seu companheiro Bafo, *o Burro*, no regresso da praia, estavam a passar em frente à casa do Estoico com os seus dragões ao ombro.

– Ora vejam só – gozou o Estouvado Escarreta –, o INÚTIL coberto de cocó de dragão. Para ser franco, fica-lhe bem.

– Ah! Ah! Ah! – bufou Bafo, *o Burro*.

– Não é um dragão – brincou o Lesma-Marinha, o dragão de Bafo, *o Burro*, que era um grande Gronckel, feio, de nariz achatado e com um feitio desprezível –, é um lagarto com asas.

LESMA-
-MARINHA

– Não é um dragão – galhofou a Minhoca-Flamejante, a dragoa do Estouvado Escarreta, que era tão maldosa como o seu chefe –, é um coelhinho recém-nascido com um problema ridículo de disenteria.

O Desdentado bufou enfurecido.

O Estouvado Escarreta mostrou ao Hiccup o grande monte de peixe que levava embrulhado na túnica.

– Vê o que a Minhoca-Flamejante e o Lesma-Marinha pescaram na praia. E apenas em duas horas…

A Minhoca-Flamejante tossiu, mostrou a sua musculatura reluzente e olhou para as garras com falsa modéstia.

— Por favor! — exclamou. — Eu nem sequer estava CONCENTRADA. Se me tivesse concentrado, PODERIA tê-lo feito em dez minutos, com uma asa às costas.

— Desculpa, vou vomitar — balbuciou o Desdentado à Vaca-Aterradora, que, com os seus grandes olhos castanhos, fitava com reprovação a Minhoca-Flamejante.

— Achamos que a Minhoca-Flamejante pode tornar-se UMA CAÇADORA LENDÁRIA — afirmou sorridente o Estouvado Escarreta. — Ouvi dizer que a Vaca-Aterradora tem queda para as cenouras... O Desdentado terá coragem para atacar um vegetal? As cenouras são um pouco estaladiças, mas talvez ele

MINHOCA--FLAMEJANTE

consiga trincar o incomparável pepino espremido... talvez lho possas dar com uma palhinha...

— OH! OH! OH! — Bafo, *o Burro*, riu tanto que lhe saiu ranho do nariz.

— Bafo, tem cuidado — alertou educadamente o Perna--de-Peixe. — Tens o cérebro a sair.

Bafo, *o Burro*, empurrou-o com força e os dois rapazes foram-se embora enquanto a Minhoca-Flamejante dava um encontrão no Desdentado que quase lhe arrancava um olho.

Quando já estavam fora do alcance, o Desdentado saiu do colo do Hiccup e soltou chamas de um modo ameaçador.

— Rufias! Cobardes! Aproximem-se que o Desdentado frita-vos! O Desdentado vai arrancar-vos as entranhas e usá-las para tocar harpa! Vai... vai... vai... Bem, o melhor é não se aproximarem, é tudo...!

— Oh, muito corajoso — disse, sarcástico, o Hiccup. — Se gritares mais alto talvez eles até te consigam ouvir.

9. MEDO, VAIDADE, VINGANÇA E PIADAS PARVAS

A março seguiu-se abril e a abril seguiu-se maio. Depois de a Minhoca-Flamejante lhe chamar coelhinho ridículo, o Desdentado nunca mais voltou a fazer cocó na cozinha – mas, tirando isso, o Hiccup não fizera mais progressos.

Ainda chovia, mas era uma chuva quente. O vento continuava a soprar só que agora era um vento mais fraco – era quase possível estar parado de pé.

As gaivotas estavam a chocar os ovos nas rochas da Praia Grande e, quando o Hiccup e o Perna-de-Peixe ali chegaram para treinar, as aves atacaram-nos.

– MATA, Vaca-Aterradora, MATA – ordenou o Perna-de-Peixe à Vaca-Aterradora, que estava calmamente empoleirada no seu ombro. – Podias comer aquela Gaivota Preta ao pequeno-almoço, tens quase o dobro do tamanho. Hiccup, sinceramente, eu desisto, não sei como vou passar no exame de caça: a Vaca-Aterradora não tem instinto assassino. Nunca sobreviveria sozinha em liberdade.

O Hiccup sorriu, desanimado.

– Achas que TENS problemas? Eu e o Desdentado vamos falhar logo no início: os comandos de obediência básica, a repreensão, os exercícios obrigatórios, a caça: tudo.

– Não pode ser assim *tão* mau – disse o Perna-de-Peixe.

– Queres ver? – perguntou o Hiccup.

Os rapazes andaram ao longo da costa até estarem fora do alcance das gaivotas.

Começaram a praticar o comando mais básico de todos: "vai". O dragão deveria estar em pé, direito, sobre o braço estendido do treinador. Então, este deveria berrar o comando tão alto quanto possível, ao mesmo tempo que levantava o braço para lançar o dragão no ar. O dragão deveria descolar de forma graciosa quando o braço do dono atingisse a altura máxima.

A Vaca-Aterradora bocejou, coçou-se e, vagarosamente, bateu as asas enquanto resmungava.

O Desdentado foi ainda mais desobediente.

– VAI! – gritou o Hiccup, levantando o braço. O Desdentado segurou-se. – Eu disse VAI! – repetiu o Hiccup, frustrado.

– V-v-vou p-p-porquê? – perguntou o Desdentado, estremecendo, enquanto se segurava ainda com mais força.

– Não interessa! VAI, VAI, VAI, VAI!!!! – gritou o Hiccup enquanto abanava freneticamente o braço para cima e para baixo, com o Desdentado a agarrar-se como se a sua vida dependesse disso.

O DESDENTADO NÃO SE MEXEU...

O Desdentado ficou.

– Desdentado – disse o Hiccup, da forma mais sensata possível –, por favor, vai. Se não começas a ir quando eu te ordeno, vamos acabar os dois exilados.

– Mas eu não q-q-quero ir – observou o Desdentado também de forma razoável.

O Perna-de-Peixe assistiu a tudo completamente espantado.

– Tens *mesmo* problemas – disse, preocupado.

– Pois tenho – admitiu o Hiccup. Conseguira finalmente desembaraçar-se das garras do Desdentado,

que afrouxara momentaneamente a pega, e enxotara-o.
O Desdentado caiu na areia, guinchou ofendido e
agarrou-se imediatamente ao Hiccup, segurando-se
firmemente com as garras às sandálias e enrolando as asas
em volta da perna.

– N-n-não vou – repetiu com teimosia o Desdentado.

– A situação não pode piorar muito mais – disse o
Hiccup –, por isso vou experimentar outro método. –
Tirou o caderno onde tinha posto tudo o que sabia
sobre dragões na esperança de que lhe pudesse vir a ser
útil. – "MOTIVAÇÃO DE DRAGÕES..." – leu
o Hiccup em voz alta. – "1. GRATIDÃO." – O Hiccup
suspirou. – "2. MEDO", funciona mas eu não sou
capaz. "3, 4, 5. GANÂNCIA, VAIDADE
e VINGANÇA", vale sempre a pena tentar.
"6. PIADAS E ADIVINHAS", só se eu estiver
desesperado.

– Acho que deve ser a primeira vez – disse
pausadamente o Perna-de-Peixe –, mas concordo com
Bocarra, *o Arroto*. Porque é que não gritas mais alto?

O Hiccup ignorou-o.

– Muito bem, Desdentado – disse o Hiccup ao
pequeno dragão, que estava a fingir que dormia agarrado
à perna do Hiccup. – Por cada peixe que apanhares
eu dou-te duas lagostas quando chegarmos a casa.

~~Boa~~ Hiccup

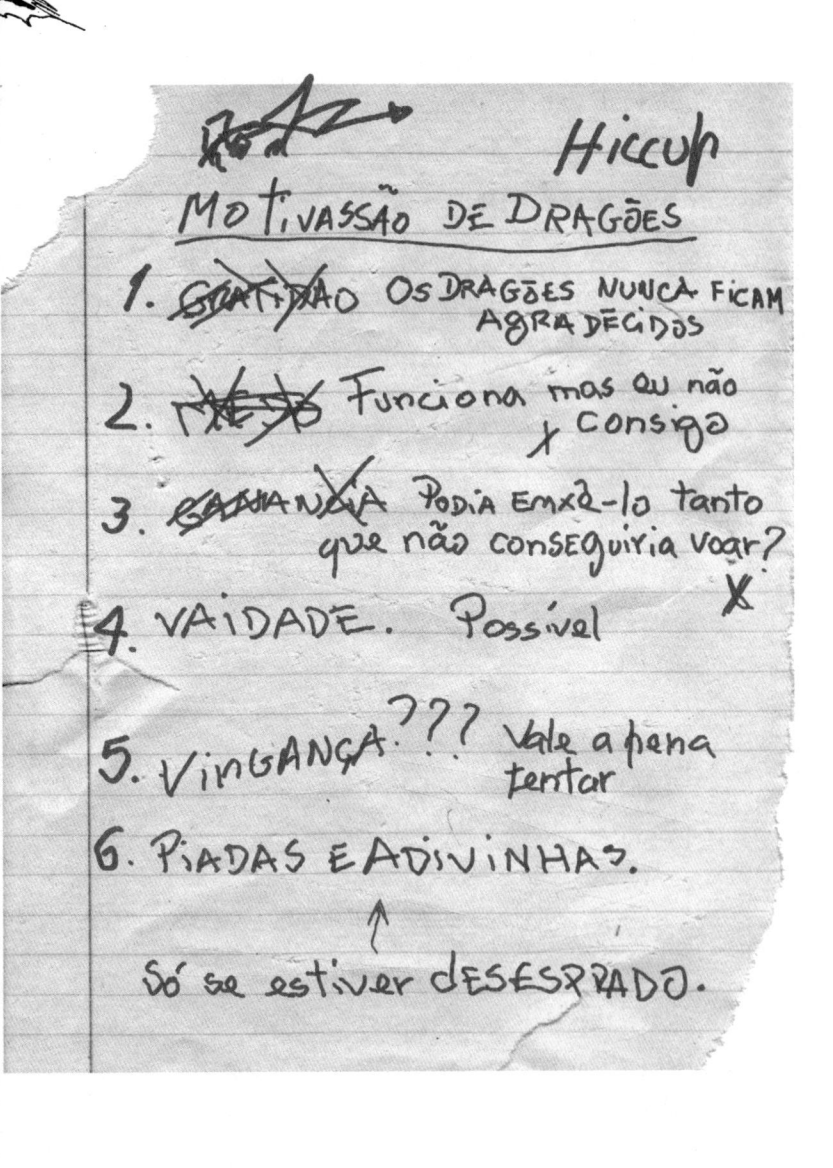

MOTIVASSÃO DE DRAGÕES

1. ~~GRATIDÃO~~ OS DRAGÕES NUNCA FICAM AGRADECIDOS

2. ~~MEDO~~ Funciona mas ou não ✗ consiga

3. ~~GANÂNCIA~~ Podia Emxê-lo tanto que não conseguiria voar? ✗

4. VAIDADE. Possível

5. VINGANÇA??? Vale a pena tentar

6. PIADAS E ADIVINHAS.
   ↑
   Só se estiver DESESPRADO.

OS DRAGÕES VIKINGS E OS SEUS OVOS

O PESADELO MONSTRUOSO

O Pesadelo Monstruoso é um dragão doméstico assustador. Voadores impressionantes, caçadores magníficos e lutadores espantosos, podem ser desobedientes e difíceis de treinar. Segundo uma regra não oficial dos Vikings, só um Chefe ou o filho de um Chefe pode ter um.

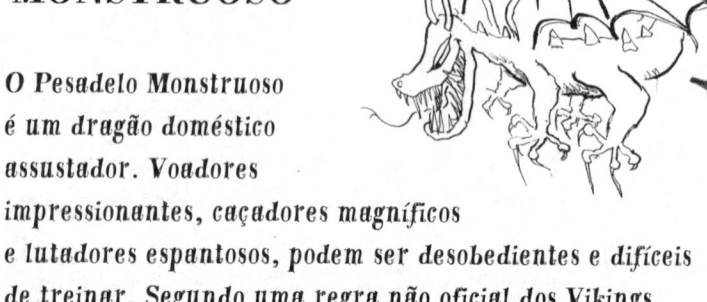

~ ESTATÍSTICAS ~

CORES: verde-esmeralda, vermelho brilhante, roxo intenso.
ARMADOS COM: presas assustadoras, garras extralongas.
FATOR MEDO: 6
ATAQUE: 7
VELOCIDADE: 9
TAMANHO: 5
DESOBEDIÊNCIA: 3

O Desdentado abriu os olhos.

— V-v-vivas? — disse com entusiasmo. — P-p-posso matá-las? P-p-por favor? Só desta vez?

— Não, Desdentado — disse o Hiccup, inflexível. — Já te disse que é cruel torturares criaturas mais pequenas do que tu.

O Desdentado voltou a fechar os olhos.

— És tão ch-ch-chato — disse, amuado.

— És um dragão tão inteligente e rápido, Desdentado — elogiou-o o Hiccup. — Aposto que, se quisesses, conseguias apanhar mais peixes do que qualquer outro na Quinta-feira de Thor.

O Desdentado abriu os olhos para pensar no assunto.

— D-d-duas vezes mais — disse modestamente —, mas não q-q-quero.

Não havia nada a fazer. O Hiccup riscou VAIDADE da lista.

— Lembras-te daquela grande Minhoca-Flamejante que gozou contigo? — recordou o Hiccup.

O Desdentado cuspiu no chão, indignado.

— D-d-disse que eu era um lagarto com asas. D-d-disse que eu era um coelhinho incontinente. O D-D-Desdentado vai m-m-matá-la. O Desdentado vai a-a-arranhá-la até à morte. O Desdentado vai...

— Sim, sim, sim — confirmou o Hiccup rapidamente. — Essa dragoa e o seu chefe, que é parecido com um leitão, acham que ele vai apanhar mais peixes do que qualquer outro nas celebrações da Quinta-feira de Thor. Imagina a cara deles se, em vez dela, TU ganhasses o Prémio do Dragão mais Promissor.

O Desdentado soltou-se da perna do Hiccup.

– V-V-VOU pensar nisso – adiantou o dragão. Afastou-se alguns metros e pensou.

Cinco minutos depois, ainda estava a pensar. De vez em quando, soltava uma gargalhada mas, sempre que o Hiccup perguntava "Então, como vai ser?", ele limitava-se a responder "Ainda e-e-estou a pensar. Deixa-me em paz".

Com um suspiro, o Hiccup riscou VINGANÇA da lista.

– Muito bem – disse o Perna-de-Peixe enquanto olhava por cima do ombro do Hiccup. – Já tentaste tudo o resto. Porque é que não tentas PIADAS E ADIVINHAS? Presumo que estejas desesperado.

– Desdentado – disse o Hiccup –, se apanhares uma cavala grande serás o dragão mais inteligente e rápido de Berk E farás a Minhoca-Flamejante parecer idiota E receberás todas as lagostas que quiseres quando chegarmos a casa E eu conto-te uma piada espetacular.

O Desdentado voltou-se.

– O Desdentado adora piadas. – Voou, de novo, para o braço do Hiccup. – Tudo bem. O Desdentado ajuda-te, m-m-mas NÃO por ser s-s-simpático ou algo assim repugnante...

— Não, não – disse o Hiccup –, claro que não.

— Nós, d-d-dragões, somos cruéis e malvados, mas gostamos mesmo de uma p-p-piada. Conta-me uma JÁ.

O Hiccup riu-se.

— Nem penses. Só DEPOIS de me trazeres uma cavala.

— Muito bem – cedeu o Desdentado. Saltou do braço do Hiccup e levantou voo.

Um dragão a caçar é uma visão impressionante, mesmo sendo um jovem magricela como o Desdentado. Voou pela praia no seu estilo descuidado e desengonçado, gritando pelo caminho alguns insultos às aves que pareciam mais pequenas do que ele, mas, assim que chegou ao mar, o Desdentado pareceu ter crescido um pouco. O sal da água despertou nele alguma antiga memória dos monstros de caça que eram os seus antepassados. Abriu as asas como um papagaio e voou relativamente depressa, por cima do mar agitado, mantendo o corpo e as asas estáveis enquanto estudava a movimentação dos peixes. Viu alguma coisa e planou em círculos até estar tão alto que o Hiccup, na praia, a olhar para cima, só conseguia ver um pequeno ponto. O ponto permaneceu imóvel durante uns segundos e, depois, o Desdentado mergulhou, com as asas dobradas ao lado do corpo enquanto caía do céu como uma pedra.

Desapareceu na água e manteve-se assim durante um bom bocado. Os dragões, se quiserem, conseguem suster a respiração por mais do que cinco minutos, e o Desdentado esteve bastante distraído lá por baixo, na perseguição a um peixe e depois a outro, sem conseguir decidir qual era o maior.

O Hiccup cansou-se e já andava à procura de ostras, quando o Desdentado saiu triunfalmente de dentro de água com uma cavala pequena.

Deixou a cavala aos pés do Hiccup, deu três mortais seguidos e aterrou na cabeça do seu chefe. Depois, soltou o grito vitorioso dos dragões, que é parecido com o canto de um galo, mas bastante mais alto e alegre.

A seguir inclinou-se e, de cabeça para baixo, olhou fixamente para os olhos do Hiccup.

— Agora c-c-conta-me uma piada — pediu o Desdentado.

— Louvado seja Woden — disse o Hiccup. — Ele conseguiu. Ele conseguiu mesmo.

— C-c-conta-me uma PIADA — repetiu o Desdentado.

— Qual é coisa qual é ela, que é preta, branca e vermelha? — perguntou o Hiccup.

O Desdentado não sabia.

— Um pinguim que apanhou um escaldão — respondeu o Hiccup.

Era uma piada muito, muito antiga, mas pelos vistos não chegara à Falésia do Dragão Selvagem. O Desdentado riu-se histericamente.

Voou para ir apanhar mais peixes e para poder ouvir mais piadas.

Fora uma tarde bem passada. A chuva parara, o sol brilhara e o Desdentado não se tinha safado nada mal a caçar. Apanhara alguns peixes e, a certa altura, afastou-se e foi perseguir coelhos para o topo dos penhascos, mas voltou quando por fim o Hiccup o chamou, e depois de algumas horas apanhara seis cavalas de tamanho normal e um tubarão.

De um modo geral, o Hiccup estava bastante satisfeito.

– Afinal de contas – disse ao Perna-de-Peixe –, eu não estou à espera de ganhar o Prémio do Dragão mais Promissor nem nada do género. Só quero mostrar que controlo o Desdentado e que ele apanha alguns peixes. Vamos fazer má figura quando comparados com o Escarreta e a sua feroz Caçadora Lendária, mas pelo menos vamos passar na Iniciação.

Para melhorar, quando o Desdentado largou a última cavala no monte em frente ao Hiccup, o Perna-de-Peixe notou algo afiado e brilhante no maxilar inferior do dragão:

– Nasceu o primeiro dente ao Desdentado! – alegrou-se.

Parecia ser um sinal muito positivo.

♥♥♥

Ao voltar para casa, passaram pelo Velho Rugoso, que, nas últimas horas, tinha estado sentado numa rocha a observá-los.

– Mui-to impressionante – tossiu o Velho Rugoso enquanto os rapazes lhe mostravam o peixe que tinham embrulhado na capa do Hiccup.

– Parece que o Hiccup pode mesmo passar o Teste Final da Iniciação na Quinta-feira de Thor – afirmou o Perna-de-Peixe excitado.

— Ainda estão preocupados com esse testezinho? – perguntou o Velho Rugoso. – Há coisas mais importantes. Por exemplo, vem aí uma tempestade gigante. Deve chegar dentro de três dias.

— Testezinho? – reagiu o Perna-de-Peixe, indignado. – O que quer dizer com Testezinho??? O Festival da Quinta-feira de Thor é o maior evento do ano. TODA A GENTE que é GENTE vai lá estar, toda a Horda Hedionda E os Idiotas. Para além do mais, pode não ser importante para TI, mas quem falhar este testezinho é exilado e acaba para ser comido por canibais ou por algo igualmente horrível.

— Vou-me chamar HICCUP, *O ÚTIL*, e o meu dragão vais ser o CHEIO-DE-DENTES – anunciou entusiasmado o Hiccup. – Acabei de pensar nisto e estou bastante satisfeito. É estável, seguro, não dá muito nas vistas e não gera muitas expectativas.

— Este réptil decidiu finalmente ajudar e apanhou alguns peixes – disse o Perna-de-Peixe enquanto apontava para o Desdentado, que estava com uma garra a tirar macacos do nariz. – Por mais incrível que pareça, o Hiccup pode mesmo passar este teste.

— Oh, tenho quase a certeza de que sim – declarou o Velho Rugoso, enquanto olhava para o Desdentado, que caiu quando estava a tentar entortar os olhos. – Qua-se – salientou, pensativo.

Então os rapazes foram para casa, com o Desdentado atrás deles a reclamar:

– Oh, L-L-LEVEM-ME, LEVEM-ME... não é justo... doem-me as asas.

10. A QUINTA-FEIRA DE THOR

As celebrações da Quinta-feira de Thor eram, de facto, um acontecimento espetacular. Os Idiotas Impiedosos, naturais das não muito distantes ilhas Idiotas, inimigos ferozes da tribo Horda Hedionda, velejavam através do oceano Interior até à ilha de Berk para este grande acontecimento.

Os visitantes montavam acampamento na Baía do Coração Negro que, do dia para a noite, deixava de ser um deserto para gaivotas e se transformava numa aldeia agitada cheia de tendas, feitas com velas demasiado remendadas para se usarem nos barcos.

Na manhã seguinte, a Praia Grande estava apinhada de barracas, malabaristas e adivinhos. Havia uma confusão alegre de vikings a reencontrar velhos amigos, a treinarem com espadas e a gritarem com os filhos para deixarem IMEDIATAMENTE de baterem uns nos outros, pelo amor de Thor, desta vez ESTOU MESMO A FALAR A SÉRIO... se...se...se...SENÃO.

BEM-VINDOS ÀS CELEBRAÇÕES DA QUINTA-FEIRA DE THOR

Programa de Eventos

09h00 Lançamento do Machado para Pessoas com mais de Sessenta Anos
Venha ter à Rocha do Corsário com o seu martelo, ou com o de outra pessoa (obrigatório o uso de capacete para os espectadores).

10h30 Quantos Ovos de Gaivota Consegues Comer num Minuto?
Bunda-Grande, *o Barriga-de-Cerveja*, é o campeão a defrontar nesta competição muito disputada.

11h30 Concurso do Bebé mais Feio

12h30 Apresentação de Luta com Machados
Venha admirar a arte delicada do combate com machados.

14h00 Teste Final da Iniciação dos Jovens Heróis
Assista à competição dos Heróis Vikings de amanhã. Qual será o dragão mais obediente e qual conseguirá apanhar mais peixe? Sangue, dentes e gritaria – este desporto tem tudo.

15h30 Grande Sorteio e Cerimónia de Encerramento

Vikings descomunais sentavam-se em rochas desconfortáveis e davam grandes gargalhadas como se fossem leões-marinhos gigantes de férias. Mulheres vikings, incrivelmente corpulentas, juntavam-se em grupos enquanto cacarejavam como gaivotas e com um só golo engoliam canecas inteiras de chá.

Apesar das previsões pessimistas do Velho Rugoso, de tempestades terríveis e de tufões, foi um glorioso dia de calor de junho sem uma única nuvem no céu.

O Teste Final da Iniciação dos Jovens Heróis só começava às duas da tarde, por isso o Hiccup passou a manhã, de olhos esbugalhados, a ouvir os contadores de histórias com as suas narrativas de navegantes terríveis e de princesas piratas.

Estava a morrer de nervos, por isso não conseguiu apreciar tanto a festa como nos anos anteriores.

Até mesmo o vómito de Bocarra, *o Arroto*, a meio do concurso Quantos Ovos de Gaivota Consegues Comer num Minuto?, não arrancou mais do que um ligeiro sorriso à sua cara nervosa e pálida.

A família do Hiccup almoçou num piquenique com vista para a Luta de Machados. O Hiccup não conseguiu comer nada e, excecionalmente, o Desdentado, que estava muito rabugento e rejeitara uma sanduíche de atum que a Valhallarama oferecera, também não.

– É sempre bom guardar o apetite do dragão para a competição – berrou Estoico, *o Enorme*, que estava extremamente bem-disposto. Apostara no Sapo--Esbugalhado na competição d'O Bebé mais Feio e vencera, e estava ansioso por ver o seu filho no Teste de Iniciação.

À medida que o tempo foi passando, um forte vento quente, vindo não se sabe de onde, começou a soprar. O tempo continuava sufocante, mas começavam a formar--se no horizonte nuvens cinzentas sinistras. Havia no ar um estranho rugir de trovões.

"Se calhar o Velho Rugoso tinha razão", pensou o Hiccup olhando para cima, "e Thor *vai* assinalar a sua tradicional presença nas Celebrações da Quinta-feira de Thor."

"P-P-P-PARP!"

– Todos os jovens candidatos à Iniciação nas suas tribos deste ano devem dirigir-se para o terreno à esquerda da praia.

O Hiccup engoliu em seco, deu uma cotovelada no Desdentado e levantou-se. Era agora.

♦ ♦ ♦

O Hiccup foi um dos últimos a chegar à grande área de areia molhada, mesmo junto ao mar. Os rapazes da sua tribo já estavam reunidos, com os seus dragões a voar alguns metros acima deles. Todos conversavam animadamente e até o Escarreta parecia nervoso.

Os rapazes Idiotas e os seus dragões pareciam gigantes, rudes e muito mais fortes do que os Hediondos. Um deles, em particular, parecia que tinha, no mínimo, quinze anos e era um grande brutamontes.

BERUFIÃO, o Idiota
COM O SEU DRAGÃO ASSASSINO

O Hiccup presumiu que fosse o Berufião, o filho do Chefe Igor, *o Idiota*, porque tinha um Pesadelo Monstruoso cinzento-prateado com cerca de um metro de altura empoleirado num dos ombros. Estava a olhar para a Minhoca-Flamejante como um *rottweiler* com más intenções.

A Minhoca-Flamejante fingiu não estar incomodada.

— Um nobre nunca rosna — ronronou docemente a Minhoca-Flamejante. — Não deves ser um Pesadelo puro. Nós os sangue-verde puros, descendentes do grandioso Garra-Estripadora, não ousaríamos fazer algo tão vulgar.

O rosnar do Pesadelo prateado aumentou.

O público estava a reunir-se na lateral. O Hiccup tentou não reparar no pai, Estoico, *o Enorme*, a furar furiosamente até à primeira fila gritando: "Saiam da frente, eu sou um CHEFE."

— APOSTO DEZ PARA UM EM COMO O MEU FILHO, NESTE TESTE, APANHA MAIS PEIXES QUE O TEU — gritou o Estoico, dando uma valente cotovelada no estômago do seu velho inimigo, Igor, *o Idiota*.

Igor, *o Idiota*, cerrou os olhos e pensou se lhe batia. Talvez DEPOIS do Teste.

— E quem é o teu filho? — perguntou Igor, *o Idiota*. — É aquele alto, que parece um leitão, com as caveiras tatuadas e o Pesadelo Monstruoso vermelho?

— Não — disse o Estoico
alegremente. — Esse é o filho do meu
irmão, o Bunda-Grande. O MEU
FILHO é aquele magrinho ali, com
o Desdentado de Sonho.

    Igor, *o Idiota*, esboçou um
grande sorriso. Deu uma
palmada nas costas do Estoico
e berrou:

— ACEITO E DOBRO A TUA APOSTA!

— FEITO! — berrou o Estoico e os dois grandes Chefes apertaram as mãos e chocaram com as barrigas para selar a aposta.

♦♦♦

Bocarra, *o Arroto*, era o responsável pela fase final do Teste de Iniciação. Por causa da sua participação, pouco agradável, na competição Quantos Ovos de Gaivota Consegues Comer num Minuto? ainda estava com um aspeto um pouco esverdeado — não estava nada bem-
-disposto.

    — Muito bem, SUA CAMBADA DE TERRÍVEIS!
— berrou o Bocarra. — É aqui que se vê se foram feitos para ser Heróis. Ou saem desta arena como membros das nobres tribos Horda Hedionda e Idiotas Impiedosos OU são expulsos para sempre das ilhas Interiores. Veremos o que vai acontecer. Vamos a isso?

Fez um sorriso malévolo para os vinte rapazes que estavam à sua frente.

– Vou começar por vos analisar e aos vossos animais, como se fossem guerreiros prontos para uma batalha. Vou apresentar-vos aos membros das tribos, que estão a assistir. Depois o Teste começa. Vão demonstrar como conseguiram impor a vossa vontade a estas criaturas selvagens e como as domaram com a força das vossas Personalidades Heroicas. Vão começar por efetuar os comandos mais simples "vai", "fica" e "busca". No fim vão ordenar ao réptil que vá pescar para vocês, tal como antes fizeram os vossos antepassados.

O Hiccup engoliu em seco, nervosamente.

– O rapaz e o dragão que mais impressionarem o júri, que sou EU – o Bocarra mostrou os dentes de uma forma assustadora –, ganha o privilégio de ser chamado Herói dos Heróis e de ter o Dragão mais Promissor. Os rapazes e os dragões que FALHAREM este teste irão despedir-se, para sempre, das suas famílias e abandonar a tribo. O sítio para onde vão não nos interessa.

– Muito poético – murmurou o Perna-de-Peixe, suficientemente alto para o Bocarra o ouvir. O Bocarra lançou-lhe um olhar ameaçador.

– HERÓIS OU EXILADOS! – berrou Bocarra, *o Arroto*.

– HERÓIS OU EXILADOS! – berraram freneticamente os dezoito rapazes em resposta.

– HERÓIS OU EXILADOS! – berraram os espectadores das tribos Horda Hedionda e Idiotas Impiedosos.

"Por favor, que eu seja um pouco Heroico, só desta vez", pensaram o Hiccup e o Perna-de-Peixe. "Nada de especial, só o necessário para passar no Teste."

– PREPAREM-SE E METAM OS VOSSOS DRAGÕES NO BRAÇO DIREITO! – berrou Bocarra, *o Arroto*.

O Bocarra inspecionou a fila de rapazes.

– Que Pesadelo magnífico – elogiou o Bocarra enquanto felicitava o Berufião pelo seu dragão, chamado Assassino, o qual, para se exibir, abriu as asas brilhantes, com cerca de meio metro.

O Bocarra parou subitamente quando chegou ao Hiccup.

– Por amor de Woden – disse o Bocarra, incrédulo. – O que é ISTO?

– É um Desdentado de Sonho, senhor – murmurou o Hiccup.

– Pequeno, mas mortífero – ajudou o Perna-de-Peixe.

– Desdentado de Sonho??? – vociferou o Bocarra. – Esse é o Comum ou Vulgar mais pequeno que já vi. Acham que eu sou burro?

– Não, senhor – murmurou o Perna-de-Peixe, tranquilo –, só um bocadinho lento.

O Bocarra fez um olhar perigoso.

– Um Desdentado de Sonho – explicou o Hiccup – é igual a um Comum ou Vulgar, exceto nesta verruga característica na ponta do nariz.

– SILÊNCIO – ordenou o Bocarra, num sussurro muito alto – ou mando-vos até ao continente. ESPERO que este dragão seja melhor caçador do que aparenta ser – continuou. – Tu e o teu amigo Peixe são os piores candidatos que eu tive o desgosto de treinar, mas és o futuro desta tribo, Hiccup, e se nos envergonhares em frente dos Idiotas eu, pessoalmente, nunca te perdoarei. Percebeste?

O Hiccup anuiu com a cabeça.

Então, cada um dos rapazes deu um passo em frente, para cumprimentar e apresentar o seu dragão ao público e receber os aplausos dos espectadores.

Houve uma salva de palmas enorme para o Estouvado Escarreta e a sua dragoa, Minhoca-Flamejante, só comparável ao enorme aplauso para Berufião, *o Idiota*, e o seu dragão, Assassino.

– Por fim, mas não menos importante, apresento – Bocarra, *o Arroto*, estava a tentar dar algum entusiasmo aos seus gritos – o temível... o terrível... o filho único de Estoico, *o Enorme*, HICCUP, *O ÚTIL*, E O SEU DRAGÃO CHEIO-DE-DENTES.

O Hiccup deu um passo em frente e levantou o Desdentado o mais alto que conseguiu para o tornar maior.

Fez-se um pequeno silêncio desapontado.

Como é óbvio, as pessoas já tinham visto dragões deste tamanho, a perseguir ratos, mas NUNCA numa competição da Iniciação com dragões de caça nobres.

– O TAMANHO NÃO É TUDO! – berrou o Estoico tão alto que se ouviu a várias praias de distância, e bateu as palmas das mãos para começar a aplaudir.

Todos tinham medo do famoso feitio do Estoico, por isso juntaram-se a ele e aplaudiram com delicado entusiasmo.

O Desdentado ainda estava aborrecido, mas ficou deliciado por ser o centro das atenções e, então, encheu o peito de ar e fez várias vénias para a direita e para a esquerda.

Alguns dos Idiotas troçavam.

"Mudei de ideias", pensou o Hiccup enquanto fechava os olhos. "ESTE é o pior momento de toda a minha vida."

– Muito bem, Desdentado – sussurrou ao ouvido do pequeno dragão –, esta é a nossa Grande Oportunidade. Apanha muitos peixes e eu conto-te mais piadas que todas as que já ouviste na vida. Vais deixar aquela Minhoca--Flamejante vermelha *mesmo* irritada.

O Desdentado olhou de soslaio para a Minhoca--Flamejante. Ela estava a afiar as unhas no elmo do

Escarreta com a arrogância de um dragão que sabe que vai ganhar o Prémio do Dragão mais Promissor.

"P-P-PARP!"

O Teste começou.

♦♦♦

O Desdentado não se safou mal nos exercícios iniciais de obediência, embora se notasse que os considerava deveras aborrecidos. Estava a chover imenso e o Desdentado odiava chuva. Queria ir para casa e descansar em frente à lareira.

A Minhoca-Flamejante e o Assassino "iam" e "vinham" exatamente como o Escarreta e o Berufião lhes ordenavam e, enquanto o faziam, mergulhavam e cuspiam fogo para se exibirem. A Minhoca-Flamejante deu uns mortais acrobáticos e a multidão gritou e começou a bater com os pés.

– COMECEM A CAÇA! – berrou Bocarra, *o Arroto*.

Todos os dragões, exceto o Desdentado, voaram em direção ao mar.

O Desdentado voltou para o ombro do Hiccup.

– O D-D-Desdentado está com dores de b-b--barriga – queixou-se.

O DESDENTADO ESTÁ COM DORES DE BARRIGA

O Hiccup tentou não reparar no pai a observá-lo surpreendido das laterais. Tentou não reparar na multidão que sussurrava entre si: "Aquele é o filho do Estoico. Não, não é o alto com caveiras tatuadas que parece um leitão; é o pequenino magrinho que nem sequer consegue controlar o seu minúsculo dragão."

— Não te esqueças, Desdentado — disse o Hiccup cerrando os dentes —, PEIXE. Vou contar-te todas as piadas que sei, lembras-te?

— C-c-conta-me JÁ — pediu o Desdentado.

A ajuda veio de onde menos se esperava.

O Escarreta parou de gritar "MATA, MINHOCA-FLAMEJANTE, MATA" para se inclinar e gozar com o Hiccup.

— O que é que ESTÁS a fazer, Hiccup? Não estás a FALAR com esse lagarto com asas, pois não? Falar com dragões é contra as regras e foi proibido por Estoico, *o Enorme*, o teu sensível pai...

— L-L-Lagarto com asas? — repetiu o Desdentado. — L-L-LAGARTO COM ASAS???

— Não és um lagarto com asas, pois não, Desdentado? — perguntou o Hiccup — És o maior predador do mundo, não és?

— PODES CRER que sou — respondeu o Desdentado, indignado.

— MOSTRA ao Estouvado Escarreta e à sua vaidosa dragoa o que um VERDADEIRO dragão de caça pode fazer — ordenou o Hiccup imperativamente.

— Vamos a isso! — exclamou o Desdentado.

O Hiccup deixou escapar um grande suspiro de alívio quando o Desdentado descolou, num estilo confuso, mais ou menos em direção ao mar.

"Isto é bom demais para ser verdade", disse para si mesmo o Hiccup, dez minutos mais tarde, quando o Desdentado já regressava de uma segunda viagem, demasiado aborrecido para conversas, mas a deixar dois peixes aos pés do Hiccup. "Daqui a mais ou menos meia hora, eu, Hiccup, vou ser um membro da tribo Horda Hedionda."

Era mesmo demasiado bom para ser verdade.
A Minhoca-Flamejante estava precisamente a voltar para o Escarreta com o seu vigésimo peixe, com os olhos verdes felinos a brilharem triunfantes, quando o Desdentado disse:

— V-v-vaidosa desleixada.

A Minhoca-Flamejante parou no ar. Virou a cabeça como um chicote e cerrou os olhos.

— O QUE é que disseste? — sibilou.

— Oh, não — disse o Hiccup. — Não, Desdentado, para...

— V-v-vaidosa desleixada — gozou o Desdentado. — É isso o melhor que consegues? É r-r- ridículo. Irremediável. I-i-inútil. Vocês, P-P-Pesadelos, pensam que são muito cruéis, mas são tão m-m-moles como os moluscos.

— TU — sibilou a Minhoca-Flamejante, com as orelhas perigosamente para trás enquanto avançava pelo ar como um leopardo prestes a saltar — és um pequeno MENTIROSO.

— E T-T-TU — disse calmamente o Desdentado — és uma c-c-coração-de-c-c-coelho, cé-cé-cérebro-de-algas e comedora-de-m-m-moluscos ARROGANTE.

A Minhoca-Flamejante atacou-o.

O Desdentado fugiu como um relâmpago e as mandíbulas gigantes da Minhoca-Flamejante fecharam-se com um som desagradável quando morderam no ar.

O caos instalou-se.

A Minhoca-Flamejante perdeu completamente as estribeiras. Mergulhou no ar, com as garras de fora, a morder tudo o que se mexia e a soltar grandes rajadas de fogo.

Infelizmente, no meio da confusão arranhou acidentalmente o Assassino, um dragão com pavio curto. Então, o Assassino começou a atacar todos os dragões dos Hediondos que estivessem ao alcance das suas mandíbulas.

LUTA DE DRAGÕES...
Entre o ASSASSINO E A MINHOCA-FLAMEJANTE

Rapidamente, as criaturas envolveram-se numa grande luta de dragões, com mordidelas e rugidos, e com os rapazes a correrem e a gritarem-lhes que parassem e a tentarem separá-los sem serem mortos. Os dragões não lhes prestavam atenção nenhuma, independentemente do que os rapazes fizessem e de quanto gritassem – o Berufião e o Escarreta, depois de tanto berrarem, estavam todos corados.

Bocarra, *o Arroto* irritou-se.

– ALGUÉMMECONSEGUEDIZEROQUERAIOSE ESTÁAPASSARPORAMORDETHOREDEWODEN?

Neste caos, o Desdentado estava como um peixe na água, a desviar-se com desembaraço dos ataques venenosos da Minhoca-Flamejante, e ora mordendo o Crocotigre aqui, ora arranhando o Garra-Brilhante ali, obviamente a divertir-se imenso com a luta.

Até a Vaca-Aterradora mostrou uma boa atitude, para uma dragoa supostamente vegetariana. Conseguiu dar uma valente mordidela no traseiro da Minhoca-Flamejante enquanto ela e o Assassino rebolavam no ar a morderem-se um ao outro.

Bocarra, *o Arroto*, entrou na confusão e agarrou na cauda da Minhoca-Flamejante. Esta deu um guincho de reprovação, virou-se e pôs a barba do Bocarra a arder. Com uma mão gigante o Bocarra apagou o fogo e com a outra apertou as mandíbulas da Minhoca-Flamejante para que ela não conseguisse cuspir fogo nem morder. Ainda a segurar-lhe na boca, enfiou o furioso animal enraivecido debaixo do braço.

— PAAAAAREEEMMMM!!!!! — berrou Bocarra, *o Arroto*, com um berro de pôr os cabelos em pé, provocar arrepios e arrancar garras que ressoou nas falésias, bateu no mar e ecoou no continente.

Os rapazes pararam com os seus berros inúteis.
Os dragões estacaram no ar.
Fez-se um silêncio absoluto.

Até os espectadores ficaram calados.

Isto nunca havia acontecido. Os vinte rapazes tinham demonstrado não ter controlo absolutamente nenhum sobre os seus dragões durante o Teste de Iniciação.

Tecnicamente, isto significava que todos deviam ser expulsos das suas tribos. E ser expulso com um clima daqueles podia significar a morte: a comida era pouca, o mar perigoso e havia algumas tribos selvagens nas ilhas com fama de canibais.

Bocarra, *o Arroto*, ficou sem palavras, com a sua barba ainda a deitar fumo.

Quando finalmente falou, a profundidade da sua voz expressava o horror da situação.

– Vou ter de falar com os Anciãos das Tribos – foi tudo o que disse. Largou a Minhoca-Flamejante no chão. Ela tinha recuperado a noção dos seus atos e rastejou para o Escarreta com a cauda entre as pernas.

Os Anciãos das Tribos eram o Igor e o Estoico, o próprio Bocarra e mais alguns guerreiros temíveis, como o Brutesco Terrível, os Gémeos Venenosos e o Bibliotecário Cabelo-Pesadelo da Biblioteca Pública dos Idiotas. Os espectadores e os rapazes ficaram completamente imóveis enquanto os Anciãos decidiam na Roda Tradicional dos Anciãos, que parecia uma formação de *rugby*.

Entretanto, a tempestade estava a piorar. Explodiam trovões aterradores por cima das suas cabeças, a chuva caía torrencialmente e, mesmo que se atirassem ao mar, eles não podiam ficar mais molhados.

Os Anciãos conferenciaram durante muito tempo. O Igor ficou tão zangado a meio que tentou dar um soco no Brutesco. Cada um dos Gémeos agarrou num dos seus braços até ele se acalmar novamente. Por fim, o Estoico saiu da confusão e colocou-se em frente dos rapazes, que estavam envergonhados com os dragões aos seus pés.

RODA TRADICIONAL DOS ANCIÃOS

Se o Hiccup tivesse conseguido olhar para o pai, teria visto que o Estoico não estava violento e entusiasmado como de costume; estava mesmo muito sério.

– Iniciados das Tribos – gritou de forma descontente –, este é um dia bastante triste para todos vocês. FALHARAM o Teste Final do Programa de Iniciação. Para a dura Lei das ilhas Interiores isto significa que todos vocês vão ser expulsos das vossas tribos PARA SEMPRE. Eu não estou contente com a decisão, não só porque o meu filho está entre vocês, mas também porque isto significará que uma geração inteira de guerreiros das tribos será perdida. Mas não podemos ignorar a Lei. Aqui, apenas os fortes têm lugar e o sangue das nossas tribos não pode ser enfraquecido. Só os Heróis podem ser Hediondos e Idiotas. – O Estoico apontou um dedo gordo para o céu. – Para além disso – continuou –, o deus Thor está muito irritado. Este não é o momento para quebrar as nossas leis.

Thor largou um trovão enorme como se quisesse sublinhar este ponto.

– Em circunstâncias normais, a cerimónia do exílio deveria começar agora – declarou o Estoico –, mas ir para o mar com um tempo destes é morte certa para todos. Como ato de misericórdia, vou permitir que permaneçam mais uma noite sob o nosso teto, e amanhã de manhã deverão partir para o continente para viverem à vossa custa. A partir de agora, estão todos banidos e não podem mais falar com os outros membros da vossa tribo.

Um trovão ressoou em redor dos rapazes enquanto permaneciam, cabisbaixos, à chuva.

– Perdoem-me, pois esta é a coisa mais triste que eu já tive de fazer: banir o meu próprio filho – concluiu o Estoico com tristeza.

A multidão murmurou compreensiva e aplaudiu a nobreza do Chefe.

– Um Chefe não pode ter uma vida normal – explicou o Estoico enquanto olhava para o Hiccup quase a suplicar. – Tem de decidir o que é melhor para a sua tribo.

De repente, o Hiccup ficou muito irritado.

– Não esperes que EU tenha pena de ti! – exclamou. – Que espécie de pai põe as suas estúpidas leis à frente do filho? E que espécie de tribo estúpida é esta que não pode ter pessoas normais?

O Estoico olhou para baixo, para o seu filho, surpreendido e chocado. Depois virou-se e afastou-se penosamente. As tribos já estavam a abandonar a praia e a espalhar-se pelas colinas em busca de abrigo na aldeia, enquanto os raios caíam por todo o lado.

– Vou-te matar – sibilou o Escarreta ao Hiccup, com a ameaçadora Minhoca-Flamejante no ombro. – Assim que formos expulsos, vou-te matar. – E depois foi atrás dos outros.

– Perdi o meu d-d-dente – queixou-se o Desdentado. – S-s-saiu quando mordi aquela dragoa.

O Hiccup nem quis saber. Olhou para o céu enfurecido, enquanto o vento levantava grandes quantidades de água do mar e as lançava na direção da sua cara.

– SÓ UMA VEZ – berrou o Hiccup. – Porque é que não me deixaste ser Herói SÓ UMA VEZ? Eu não queria nada de especial, só passar neste TESTE ESTÚPIDO para poder ser um viking a sério como os outros.

Um trovão de Thor rebentou penosamente por cima dele.

– Muito bem, NESSE CASO – berrou o Hiccup –, ACERTA-ME com os teus estúpidos relâmpagos. Pelo

Hiccup e o Desdentado em desespero depois da Quinta-feira de THOR

menos faz alguma coisa que prove que estás MESMO a pensar em mim.

    Não havia, contudo, nenhum relâmpago para o Hiccup. Claramente, Thor não o considerava suficientemente digno de uma resposta. A tempestade deslocou-se para o mar.

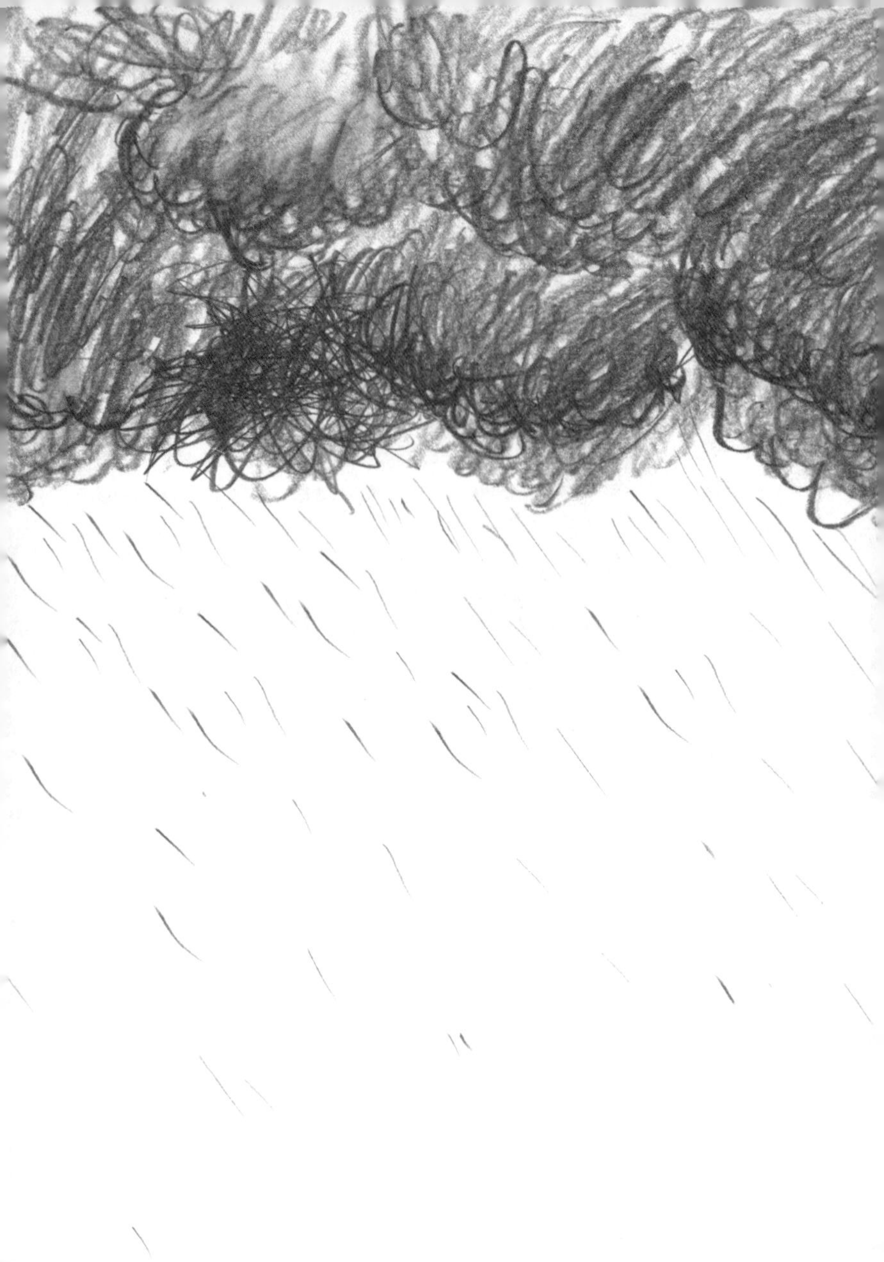

11. THOR ESTÁ ZANGADO

A tempestade prolongou-se durante toda a noite.
O Hiccup não conseguiu dormir enquanto os ventos se atiravam às paredes como se fossem cinquenta dragões a suplicar: "Deixa-nos entrar, deixa-nos entrar. Estamos com muita, muita fome."

Lá longe, nas profundezas e na escuridão do mar, a tempestade era tão selvagem e as ondas tão gigantescas que acabaram por desassossegar o sono de dois dragões--marinhos muito antigos.

O primeiro dragão era enorme, do tamanho de uma grande falésia.

O segundo dragão era incrivelmente gigantesco.

Foi esse o monstro referido anteriormente nesta história: a grande Besta que, depois do seu piquenique de romanos, estivera a dormir durante seis séculos e que recentemente passara para um sono mais leve.

A grande tempestade levantou suavemente os dois dragões do seu leito marinho como se fossem bebés adormecidos e enviou-os, numa onda espantosamente colossal, para a Praia Grande, junto à aldeia do Hiccup.

E aí permaneceram ambos pacificamente a dormir, enquanto o vento em redor soava terrivelmente, qual animada festa de ferozes fantasmas vikings, em Valhalla, até que a tempestade parou e o Sol nasceu na praia agora praticamente toda preenchida pelos dragões.

♥♥♥

O primeiro dragão chegava para provocar pesadelos.

O segundo dragão provocava pesadelos aos pesadelos.

Imagine-se um animal aproximadamente vinte vezes maior do que um *Tiranossaurus rex*, mais parecido com uma montanha do que com um ser vivo – uma montanha enorme, brilhante e maligna. Encontrava-se coberto com tantos crustáceos que parecia estar protegido por uma armadura de joias, mas, nas articulações e nas rugas, nos sítios onde as conchas e os corais não conseguiam chegar, podia ver-se a sua verdadeira cor: um verde-escuro glorioso que era a cor do próprio oceano.

Agora estava acordado e cuspira a última coisa que engolira, o estandarte da Oitava Legião, com as suas fitas ridículas ainda a esvoaçarem corajosamente. Estava a usá--lo como palito, e aproveitou a águia para retirar os insuportáveis pedaços de carne que tinham ficado presos nos enormes dentes de trás.

♦♦♦

A primeira pessoa a descobrir os dragões foi Mau-Hálito, *o Grosseiro*, que se levantara muito cedo para ir ver como é que, durante a tempestade, as redes de pesca se tinham portado.

Olhou de relance para a praia, correu para a casa do Chefe e acordou-o.

– Temos um problema! – exclamou o Mau-Hálito.

– **UM PROBLEMA**, como? – perguntou, de imediato, Estoico, *o Enorme*.

O Estoico não dormira nada: a preocupação tinha-lhe causado insónias. Qual é o pai que *coloca* as leis preciosas à frente do filho? Em contrapartida, qual é o filho que não cumpre as leis preciosas que o pai, toda a vida, respeitou e cumpriu?

Pela manhã, o Estoico já tinha tomado a assombrosa decisão de voltar atrás com a declaração solene que fizera na praia e de acolher o Hiccup e os outros rapazes. "É uma **FRAQUEZA** minha… **FRAQUEZA**", disse para si mesmo, desapontado, o Estoico. "Cara-de-Lula, *o Terrível*, teria banido o filho num piscar de olhos. Berrador, *o Doente*, até teria gostado de o fazer. O que se *passa* comigo? Eu próprio devia ser banido e é isso, sem dúvida, que Igor, *o Idiota*, vai sugerir."

Em resumo, o Estoico não estava em condições de se meter em mais problemas.

– Estão dois dragões incrivelmente gigantescos na praia – informou o Mau-Hálito.

– Diz-lhes para se irem embora – retorquiu o Estoico.

– Diz tu – reagiu o Mau-Hálito.

O Estoico dirigiu-se para a praia, zangado. Depois, regressou muito pensativo.

– Disseste-lhes? – perguntou o Mau-Hálito.

– Disse-LHE – corrigiu o Estoico. – O dragão maior comeu o mais pequeno. Não quis interromper. Acho que vou convocar um Conselho de Guerra.

♦♦♦

Os Hediondos e os Idiotas acordaram nessa manhã com o som terrível dos Tambores Gigantes a convocá-los para um Conselho de Guerra, que só se reunia em alturas de desespero total.

O Hiccup acordou sobressaltado. Tinha dormido muito pouco. O Desdentado, que se aconchegara na cama com o Hiccup, não estava à vista em lado nenhum e a cama encontrava-se fria como um glaciar, o que obviamente queria dizer que ele tinha ido embora há já algum tempo.

O Hiccup vestiu-se apressadamente. A roupa tinha secado durante a noite e estava tão rija do sal que foi como se vestisse uma túnica e umas calças feitas de madeira. Não sabia o que fazer, porque esta era a manhã em que ia ser exilado. Seguiu todos até ao Salão Principal. Os Idiotas já lá estavam: tinham passado a noite no Salão porque não estivera tempo para acampar.

No caminho encontrou o Perna-de-Peixe. Parecia que tinha dormido tão mal como o Hiccup. Os seus óculos estavam tortos.

– O que é que está a acontecer? – perguntou o Hiccup.

O Perna-de-Peixe encolheu os ombros.

– Onde é que está a Vaca-Aterradora? – quis saber o Hiccup.

O Perna-de-Peixe voltou a encolher os ombros.

O Hiccup olhou em volta para a multidão que furava até ao Salão Principal e reparou que não se via um único dragão doméstico. Normalmente, nunca estavam longe dos calcanhares e dos ombros dos seus chefes, a latir, a rosnar e a troçar uns dos outros. Havia algo sinistro no seu desaparecimento…

Mais ninguém reparara. Havia imensa excitação no ar e um ajuntamento tão grande de vikings enormes que nem todos conseguiram entrar no Salão Principal, e havia por isso um magote de bárbaros a gritar e a empurrar-se no exterior.

O Estoico pediu silêncio.

– Reuni-vos aqui hoje porque temos um grande problema em mãos – berrou. – Um dragão enorme está instalado na Praia Grande.

A multidão ficou profundamente desapontada. Estavam à espera de algo mais grave.

O Igor foi o porta-voz da deceção geral.

– Os Tambores Gigantes só são usados em alturas de grande perigo – lembrou o Igor, espantado. – Chamaste-nos aqui tão cedo – (o Igor não tinha dormido bem no chão empedrado do Salão Principal, apenas com o elmo a servir de almofada) – só por causa de um DRAGÃO? Espero bem que não estejas a amolecer, Estoico – troçou, na esperança de que fosse verdade.

– Não se trata de um dragão qualquer – disse o Estoico. – Este dragão é mesmo ENORME. Imenso. Incrivelmente gigantesco. Nunca tinha visto nada assim. É mais uma montanha do que um dragão.

Como não tinham *visto* o Dragão-Montanha, os vikings permaneceram desapontados. Estavam habituados a mandar nos dragões.

– O dragão tem naturalmente de ser deslocado – disse o Estoico –, mas é demasiado grande. O que é que devemos fazer, Velho Rugoso? Tu és o cérebro da tribo.

– Ora essa, Estoico… – O Velho Rugoso estava bastante divertido com tudo aquilo. – É um dragão-

-marinho Maximus Giganticus, e eu diria que particularmente grande. Estes dragões são muito cruéis, bastante inteligentes e têm um apetite voraz. A minha especialidade, contudo, é a Poesia Islandesa Antiga, não os répteis imensos. O Professor Confusão é que é o especialista em dragões. Se calhar deviam consultar o livro dele.

– Claro! – exclamou o Estoico. – É o *Como Treinares o Teu Dragão*, não é? Acho que o Bocarra o roubou da Biblioteca Pública dos Idiotas... – Lançou um olhar travesso a Igor, *o Idiota*.

– Isto é inadmissível! – explodiu o Igor. – Esse livro é propriedade dos Idiotas... Exijo a sua imediata devolução ou declaro guerra aqui mesmo.

– Oh, esquece, Igor – disse o Estoico. – Com bibliotecários descuidados como os teus de que é que estavas à espera?

O Bibliotecário Cabelo-Pesadelo corou e começou balançar nos seus enormes sapatos.

– Bunda-Grande, traz-me o livro que está em cima da lareira – gritou o Estoico.

O Bunda-Grande esticou um dos seus braços longos como os de um polvo e retirou o livro da prateleira. Atirou-o por cima das cabeças da multidão e o Estoico agarrou-o, com muitos aplausos. A moral estava em alta. O Estoico fez uma vénia para agradecer à multidão e entregou o livro ao Bocarra.

– BO-CA-RRA, BO-CA-RRA, BO-CA-RRA – gritou a multidão. Era o momento de glória do Bocarra. Uma crise exige um herói e ele sabia que era o homem indicado. O seu peito encheu-se de orgulho.

– Oh, não foi nada… – disse modestamente – foi apenas um Pequeno Furto, nada de mais… Para manter a forma…

"Ssssshhh", assobiou a multidão, como serpentes-marinhas, enquanto o Bocarra aclarava a garganta.

– Como Treinares o Teu Dragão – anunciou solenemente o Bocarra. Fez uma pausa. – GRITA COM ELE. – Fez uma nova pausa.

– E…? – quis saber o Estoico. – Gritar com ele e…?

– Só isso – afirmou o Bocarra. – GRITA COM ELE.

– Não há aí nada sobre o dragão-marinho Maximus Giganticus em particular? – perguntou o Estoico.

O Bocarra olhou outra vez para o livro.

– Não há mais nada. Só aquele bocado sobre gritar com ele, mais nada.

– Hummm – fez o Estoico. – É breve, não é? Nunca tinha reparado como é breve… Breve, mas objetivo – acrescentou rapidamente –, como nós, vikings. Agradeçam a Thor pelos nossos especialistas. Agora – continuou do modo mais assertivo possível –, visto ser um dragão tão grande…

– Vasto – interrompeu alegremente o Velho Rugoso. – Imenso. Incrivelmente gigantesco. Cinco vezes maior do que a Grande Baleia Azul.

— Sim, obrigado, Velho Rugoso — disse o Estoico. — Visto tratar-se de um dragão mesmo grande, vamos precisar de um berro igualmente grande. Quero todos nos penhascos a gritarem ao mesmo tempo.

— Gritar o quê? — perguntou o Bunda-Grande.

— Uma coisa breve, mas clara: VAI-TE EMBORA — anunciou o Estoico.

♦♦♦

As tribos dos Idiotas e dos Hediondos reuniram-se nos penhascos da Praia Grande e olharam para baixo para a impossivelmente vasta Serpente estendida na areia, a lamber os lábios enquanto devorava os últimos bocados do seu desafortunado companheiro. Era tão grande que parecia impossível estar viva, até que se a visse a mover-se como se fosse um terramoto ou uma miragem.

"Há momentos em que o tamanho importa mesmo", pensou o Hiccup para si mesmo. "E este é um deles."

Os dragões são criaturas cruéis, selvagens e vaidosas, como já se referiu. Não há problema quando são mais pequenos do que um humano, mas, quando o mau feitio de um dragão é multiplicado por qualquer coisa do tamanho de um monte, o que fazer com ele?

Bocarra, *o Arroto*, deu um passo em frente para comandar o berro, sendo respeitado como o melhor de todos a Gritar. O seu peito encheu-se de orgulho.

— Um… dois… três…

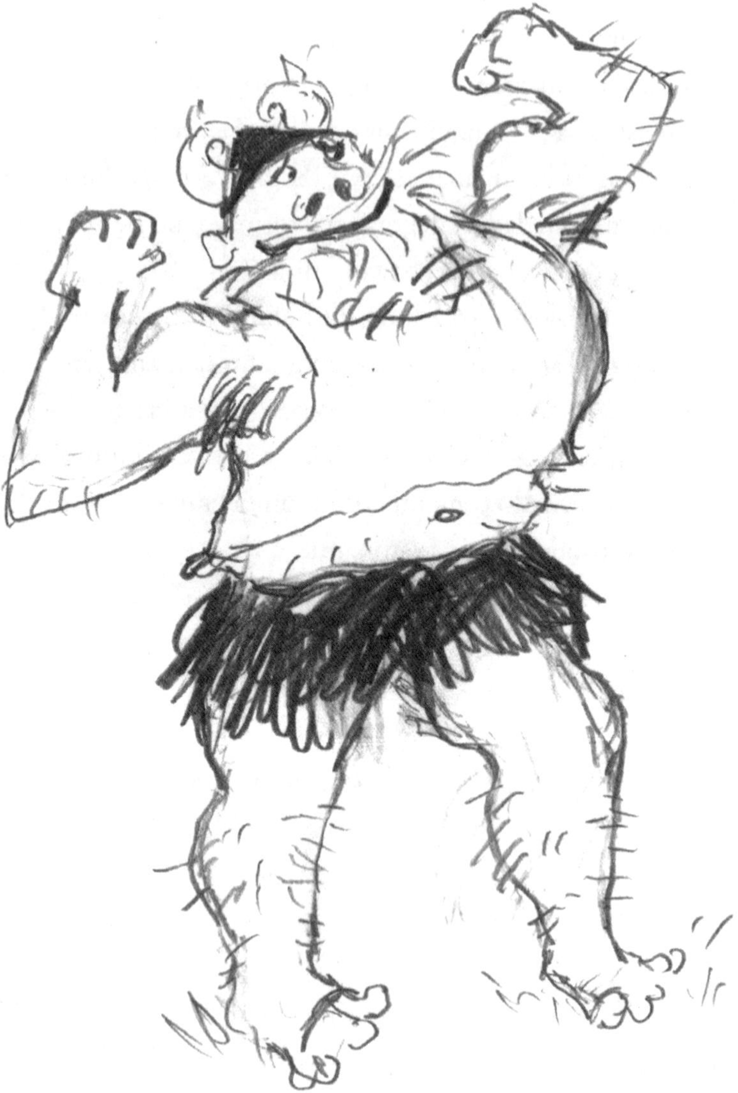

Quatrocentas vozes vikings gritaram juntas: "VAI-TE EMBORA!" Para completar, acrescentaram o Grito de Guerra Viking.

O Grito de Guerra Viking servia para assustar os inimigos dos vikings no início das batalhas. É um guincho horrível e eletrizante que começa por imitar o grito furioso de ataque de um predador, depois transforma-se no berro de puro terror da vítima e acaba com uma imitação terrivelmente realista do grunhido mortal da vítima que se engasga no seu próprio sangue. A qualquer hora é um grito assustador mas, às oito da manhã, berrado em conjunto por quatrocentos bárbaros, era o suficiente para o Glorioso Thor largar o machado e chorar como um bebé.

Fez-se um silêncio impressionante.

O poderoso Dragão virou a cabeça na direção deles.

Ouviram-se quatrocentos suspiros quando um par de olhos amarelos maléficos, do tamanho de seis grandes homens, se semicerrou.

O Dragão abriu a boca e soltou um som tão, mas tão temível que quatro ou cinco gaivotas que iam a passar morreram de medo ali mesmo. Foi um barulho que fez com que o Grito de Guerra Viking parecesse um fraco choro de bebé recém-nascido. Foi um estranho som terrível, de outro mundo, que só prometia MORTE, e NENHUMA MISERICÓRDIA, e TUDO DE MAU.

Fez-se outro silêncio impressionante.

O Dragão atirou Bocarra, o Arroto, como se fosse uma bola de cuspo...

Com um delicado movimento da garra, o Dragão cortou a túnica e as calças do Bocarra da cabeça aos pés, como se estivesse a descascar fruta. O Bocarra deu um guincho nada-heroico ofendido. O Dragão colocou a mesma garra em frente a Bocarra, *o Arroto*, e atirou-o como uma bola de cuspo, para muito, muito longe, por cima das cabeças dos vikings e por cima das fortificações da aldeia.

O Dragão levou a pata imensa e gretada aos lábios e enviou um beijo aos vikings. O beijo atravessou o céu e acertou mesmo em cheio nos navios do Estoico e do Igor, que tinham sobrevivido à tempestade e estavam seguramente ancorados no Porto dos Hediondos.
Os cinquenta navios incendiaram-se todos de imediato.

Os vikings fugiram do penhasco tão depressa quanto as suas oitocentas pernas o permitiam.

♥♥♥

Bocarra, *o Arroto*, teve sorte e aterrou no telhado da sua própria casa. As várias camadas de colmo encharcado amorteceram-lhe a queda enquanto as atravessava e acabou sentado na sua própria cadeira em frente à lareira, completamente nu, atordoado mas não ferido.

– Muito bem – disse o Estoico aos quatrocentos vikings que estavam agora assustados mas muito excitados –, gritar não funciona. – Tinham-se reunido no centro da aldeia. – E tendo a nossa frota sido destruída não conseguimos fugir da ilha – continuou. – O que precisamos agora – concluiu, tentando parecer que tinha a situação sob controlo – é de alguém que vá perguntar ao monstro se ele vem em PAZ ou em GUERRA.

– Eu vou ...– voluntariou-se o Bocarra que, naquele momento, se tinha juntado a eles, decidido a ser o Herói do momento. Estava a tentar parecer digno e respeitável, mas era difícil ser verdadeiramente respeitável com palha no cabelo e envergando o vestido da prima Ágata, que foi a única coisa que o Bocarra encontrou em casa para vestir.

– Falas dragonês, Bocarra? – perguntou o Estoico, surpreendido.

– Bem, não – admitiu o Bocarra. – Ninguém aqui fala dragonês. É proibido por Estoico, *o Enorme*, Oiçam o Seu

BOLARRA O ARROTO, a tentar parecer RESPEITÁVEL, apesar de estar a usar o vestido da Prima ÁGATA...

Nome e Tremam, Ugh Ugh. Os dragões são criaturas inferiores com as quais devemos gritar. Os dragões podem convencer-se de que são melhores se falarmos com eles.
 Os dragões são matreiros e devem ser mantidos no seu lugar.
— O Hiccup sabe falar com dragões — revelou o Perna--de-Peixe muito baixinho, no meio da multidão.
— Shhh — sussurrou o Hiccup ao Perna-de-Peixe, dando-lhe um murro nas costas.
— É verdade — disse o Perna-de-Peixe de forma vigorosa. — Não estás a ver? Esta é a tua oportunidade de te

tornares um Herói. Seja como for, vamos todos morrer, por isso mais vale aproveitares… O Hiccup sabe falar com dragões! – berrou o Perna-de-Peixe, mesmo muito alto.

– O Hiccup? – perguntou Bocarra, *o Arroto*.

– O HICCUP? – espantou-se Estoico, *o Enorme*.

– Sim, o Hiccup – afirmou o Velho Rugoso. – Um rapaz pequeno, ruivo e sardento, que ias expulsar hoje de manhã. – O Velho Rugoso parecia irritado. – Para que o sangue das nossas tribos não enfraquecesse, lembras-te? O teu filho, o Hiccup.

– Eu sei quem é o Hiccup, obrigado, Velho Rugoso – disse Estoico, *o Enorme*, incomodado. – Alguém sabe *onde* ele está? HICCUP! Avança.

– Parece que afinal de contas vais ser útil… – murmurou o Velho Rugoso para si mesmo.

– Está aqui! – gritou o Perna-de-Peixe, enquanto dava uma palmada nas costas do amigo.

O Hiccup começou a furar a multidão até que alguém o viu e o levantou, e ele foi passado por cima de todos e colocado em frente do Estoico.

– Hiccup – começou o Estoico. – É verdade que consegues falar com dragões?

O Hiccup anuiu com a cabeça.

O Estoico tossiu de um modo desconfortável.

– É uma situação embaraçosa. Sei que estávamos prestes a expulsar-te da nossa tribo. Contudo, se fizeres o que te peço, podes considerar-te não-expulso, e tenho a certeza de que falo em nome de todos. Estamos desesperados e mais ninguém aqui fala dragonês. Podes dirigir-te ao monstro e perguntar-lhe se ele vem em **PAZ** ou em **GUERRA**?

O Hiccup não pronunciou nada. O Estoico tossiu novamente.

– Podes falar comigo – afirmou o Estoico. – Já anulei a tua expulsão.

– Então o exílio está fora de questão, é isso, pai? – perguntou o Hiccup. – Se eu for falar com esta Besta do Inferno, numa missão suicida, serei considerado suficientemente Heroico para me juntar à Horda Hedionda?

O Estoico estava mais embaraçado do que nunca.

– Sem dúvida! – respondeu.

– Perfeito! Nesse caso, aceito – anunciou o Hiccup.

O Hiccup com ar determinado

12. O MORTE VERDE

Uma coisa é enfrentar um pesadelo primitivo quando se está entre uma multidão de quatrocentas pessoas; outra, completamente diferente, é fazê-lo sozinho.
O Hiccup teve de se esforçar para pôr um pé à frente do outro.

O Estoico propôs enviar, para proteção, um dos seus melhores guerreiros, mas o Hiccup preferiu ir sozinho.

– Assim há menos hipóteses de alguém fazer algo Heroico e estúpido – disse.

Apesar de os poetas dizerem que esta é a parte da história em que o Hiccup foi mais Heroico, eu não concordo. É muito mais fácil ser corajoso quando se sabe que não há outra alternativa.

No fundo, o Hiccup sabia que o Monstro os queria matar a todos de qualquer maneira, por isso não havia nada a perder.

Mesmo assim, estava a suar enquanto espreitava do topo da falésia. Ali, à sua frente, estava o Dragão Incrivelmente Gigantesco, a encher a praia. Parecia que estava a dormir.

No entanto, uma música estranha provinha da sua barriga. A canção era algo deste género:

Presta atenção, Grande Exterminador,
enquanto eu vou almoçar,
As orcas são bem saborosas
e têm muito para roer.
E os tubarões são também deliciosos,
mas um conselho vou-te dar:
Aqueles dentinhos, tão afiadinhos
por dentro vão-te morder...

"Que estranho", pensou o Hiccup, "consegue cantar com a boca fechada."

O Hiccup quase que fugia das calças quando o Dragão abriu os seus dois olhos de crocodilo e se dirigiu, a ele, diretamente.

— Porque é que é estranho? — perguntou o Dragão que se parecia divertir. — Um dragão com os olhos fechados não está necessariamente a dormir, assim como um dragão com a boca fechada não está necessariamente a cantar. Nem tudo o que parece é. Esse som que estás a ouvir não sou eu. ESSE som, meu Herói, é o som de uma Refeição que canta.

— Uma Refeição que canta? — repetiu o Hiccup enquanto se lembrava rapidamente de que não se deve nunca fitar um dragão grande e maléfico como aquele.

Em vez disso, fixou o seu olhar numa das garras do Dragão.

Isto foi um erro, pois o Hiccup repentinamente percebeu que o Dragão estava a segurar um comovente rebanho de ovelhas, a balir, debaixo de uma garra gigante.

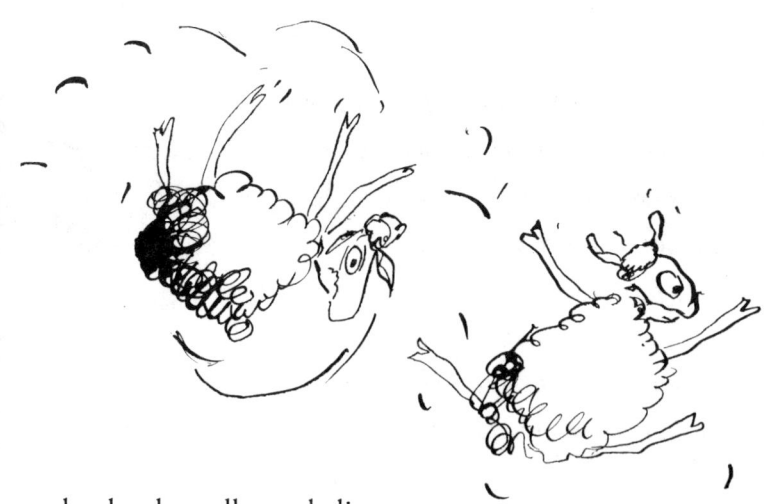

Fingiu ter deixado fugir uma delas, permitiu que o pobre animal chegasse praticamente à segurança das rochas e, depois, com um movimento delicado de pinça, agarrou-a pela lã e atirou-a pelo ar.

Isto era uma habilidade que o Hiccup já tinha feito várias vezes, mas com amoras. O Dragão inclinou a cabeça para trás e a bolinha de lã caiu nas terríveis mandíbulas, que se fecharam atrás dela com um som poderoso. Seguiu-se um ruído horrível de deglutição enquanto o dragão mastigava e engolia a ovelha infeliz.

O Dragão viu o Hiccup a observá-lo com um horror tocante e aproximou do rapaz a sua cabeça ridiculamente enorme. Quando expeliu o Bafo de Dragão, num vapor repugnante amarelo-esverdeado, o Hiccup quase desmaiou. Era o cheiro da própria MORTE – um odor pestilento profundo, estonteante, de matéria em decomposição; de cabeças de peixe podres e suor de baleia; de cadáveres antigos de tubarões e de almas desesperadas. O vapor nauseabundo envolveu o rapaz em espirais repugnantes que penetraram no seu nariz até que ele tossiu e cuspiu.

– Há quem diga que, antes de se comer uma ovelha, se devem tirar ossos – segredou o Dragão com familiaridade –, mas eu acho que eles tornam estaladiço um insípido naco de carne...

O Dragão arrotou um perfeito círculo de fogo que se elevou no ar como um anel de fumo e caiu em volta do Hiccup incendiando-se no solo, de tal modo que, por instantes, ele ficou mesmo no meio de chamas verdes cintilantes. Contudo, o solo estava húmido e o fogo só ardeu por alguns momentos, até que se apagou.

– Ups – riu o Dragão com malícia. – Perdoa-me... Uma pequena habilidade para festas... – Depois, pôs uma garra gigantesca na extremidade da falésia onde o Hiccup se encontrava. – Mas os humanos – continuou o Dragão pensativo –, os humanos devem mesmo ser desossados, sobretudo a coluna vertebral, pois enquanto desce pela garganta pode dar muita comichão.

Enquanto falava, o Dragão foi pondo as garras de fora, que vagarosamente despontaram da ponta dos dedos gordos e, com um metro e oitenta de largura por seis de

altura, cresceram até parecerem enormes lâminas com
a ponta afiada, como um bisturi de cirurgião.

– Remover a coluna de um humano é um trabalho delicado – sibilou o Dragão de forma desagradável –, mas é um trabalho em que sou particularmente bom... Uma pequena incisão na parte de trás do pescoço – apontou para o pescoço do Hiccup –, um corte rápido para baixo e depois basta tirá-la. É praticamente indolor... para MIM.

Os olhos do Dragão inflamaram-se de prazer.

O Hiccup estava a pensar mesmo rápido. Nada como olhar a Morte nos olhos para apressar os pensamentos. O que é que ele sabia de dragões que resultaria contra um Monstro Invencível como este?

Conseguia ver a folha de Motivação de Dragões que tinha escrito na sua mente. GRATIDÃO: os dragões *nunca* ficam agradecidos.
MEDO:

claramente inútil. GANÂNCIA: naquele momento não era boa ideia. VAIDADE E VINGANÇA: podiam ser úteis, mas não estava a ver como. Restava PIADAS E ADIVINHAS. Este dragão parecia exaltado demais para piadas, mas, pela sua maneira de falar, claramente achava-se um pouco filósofo. Talvez o Hiccup pudesse ganhar algum tempo se o envolvesse numa conversa interessante...

– Já ouvi falar em cantar para pagar uma refeição – começou o Hiccup –, mas o que é uma Refeição que canta?

– Eis uma boa questão – disse o Dragão surpreendido. – Uma EXCELENTE questão, aliás. – Recolheu as garras e o Hiccup suspirou de alívio. – Há muito tempo que a minha Refeição não demonstrava tanta inteligência. Normalmente estão muito apegadas às suas pequenas vidas para se preocuparem com as Questões Verdadeiramente Importantes. Agora deixa-me pensar...

Enquanto raciocinava, o Dragão agarrou com a ponta da garra numa ovelha que protestava e comeu-a. O Hiccup ficou com pena da ovelha, mas muito agradecido por não ser *ele* a desaparecer na voraz goela do réptil.

– Como é que eu hei de explicar isto a alguém com um cérebro *tão mais* pequeno e menos inteligente do que o meu? A ideia é: em certa medida, todos nós somos Refeições. Refeições que andam, falam e respiram, é o que nós somos. Olha para ti, por exemplo. TU estás prestes a ser comido por

MIM, logo isso transforma-te numa Refeição. Isso é evidente. Mas, um dia, até um carnívoro assassino como eu vai servir de Refeição às minhocas. Estamos todos a tentar roubar momentos preciosos às mandíbulas pacíficas do tempo – afirmou o Dragão alegremente. – É por isso que é tão importante que a Refeição cante da forma mais bela que conseguir.

Apontou para o estômago, de onde, apesar de cada vez mais esbatida, ainda se conseguia ouvir a voz a cantar.

Os humanos são uma delícia,
   mas se à mão sal tiveres,
temperando com perícia,
   tornam-se verdadeiros prazeres.

– Esta Refeição em ESPECIAL – disse o Dragão –, que consegues ouvir agora a cantar, era um dragão bastante mais pequeno do que eu, mas muito convencido. Comi-o há cerca de meia hora.

– Isso não é canibalismo? – perguntou o Hiccup.

– É delicioso – contrapôs o Dragão. – Além disso, não podes chamar a um ARTISTA como eu um CANIBAL. – Soava agora um pouco irritado. – És muito atrevido para uma criatura tão pequena. O que é que queres, Pequena Refeição?

– Quero saber se vens em PAZ ou em GUERRA – anunciou o Hiccup.

— Ah, em paz creio eu – disse o Dragão –, mas mesmo assim vou matar-vos – acrescentou.

— A nós *todos*? – perguntou o Hiccup.

— A ti primeiro – explicou o Dragão de forma gentil. – E depois a todos os outros, quando fizer uma sesta e recuperar o apetite. Não se acorda de um Sono Profundo rapidamente.

— Isso é tão injusto! – retorquiu o Hiccup. – Porque é que TU podes comer toda a gente só por seres maior do que os outros?

— É assim que funciona o mundo – anunciou o Dragão. – Além disso, vais ver que me vais perceber melhor quando estiveres dentro de mim. É isso que é tão bonito na digestão... Mas onde é que estão as minhas boas maneiras? Deixa-me apresentar. Sou o Morte Verde. Qual é o teu nome, Pequena Refeição?

— Hiccup Hadoque Horrendo III – respondeu o Hiccup.

Foi então que aconteceu algo extraordinário.

Quando o Hiccup disse o seu nome, o Morte Verde tremeu, como se o vento o tivesse arrepiado. Nem o Morte Verde nem o Hiccup repararam nisso.

— Hummm... – fez o Morte Verde. – Estou certo de que já ouvi antes esse nome, mas é muito grande, por isso vou só chamar-te Pequena Refeição. Pequena Refeição, antes de te comer, conta-me o teu problema.

— O meu problema? — estranhou o Hiccup.
— Sim — esclareceu o Dragão —, o teu problema de Porque-É-Que-não-Posso-Ser-mais-Parecido-com-o-Meu-Pai? O teu problema de Porque-É-tão-Difícil-Ser-Um-Herói? O teu problema de Seria-o-Escarreta-Melhor-Chefe-do-Que--Eu? Já resolvi os problemas de muitas Refeições. De certo modo, encontrar um Problema Mesmo Grande como eu parece dar a tudo o resto a dimensão certa.
— Deixa-me ver se eu percebi — declarou o Hiccup. — Sabes tudo sobre o meu pai, sobre eu não ser um Herói e tudo o mais...
— Eu consigo perceber essas coisas — revelou modestamente o Morte Verde.
— ... então queres que eu te conte os meus problemas e depois vais-me comer?
— Estamos a recomeçar tudo outra vez — suspirou o Morte Verde. — *Todos* vamos ser comidos ALGUM DIA, mas, se fores um pequeno caranguejo inteligente, podes ganhar um tempo extra. Sempre adias a tua sentença...
— O Morte Verde bocejou. — De repente, fiquei muito cansado. Tu ÉS um pequeno caranguejo bastante inteligente, mantiveste-me a falar contigo durante imenso TEMPO... — O Dragão bocejou outra vez. — Agora estou demasiado cansado para te comer, vais ter de voltar daqui a umas horas... e então vou dizer-te como deves lidar com o teu problema. Tenho a sensação de que te posso ajudar...

Nisto, o terrível monstro *adormeceu* mesmo, e ressonou muito alto. As suas grandes garras relaxaram e abriram-se, e as ovelhas que restavam, com o corpo lanzudo a tremer de medo, treparam para cima delas e fugiram pelo desfiladeiro.

Pensativo, o Hiccup observou, por instantes, o Dragão e depois regressou devagar, pelo caminho que conduzia à aldeia.

Todos o aplaudiam enquanto passava pelos portões. Foi levado em ombros e posto em frente do pai.

– Então, filho, a besta quer PAZ ou GUERRA? – quis saber o Estoico.

– Ele diz que vem em paz – respondeu o Hiccup.

Todos aclamaram e patearam. O Hiccup levantou a mão para pedir silêncio.

– Mesmo assim, vai matar-nos.

13. QUANDO BERRAR NÃO FUNCIONA

O Dragão dormiu enquanto o Conselho de Guerra discutia o que fazer a seguir.

– Vou escrever uma carta ao Professor Confusão cheia de palavrões – disse Estoico, *o Enorme*. – Este livro precisa de muitas mais PALAVRAS a dizer o que se deve fazer quando berrar não funciona.

Isto mostra bem como o Estoico estava chateado, pois se dependesse dele nunca escreveria uma carta na vida.

Pela primeira vez desde que era gente, o Estoico estava mesmo atrapalhado.

"É isto que acontece quando não se seguem as leis", pensou para si próprio. "Se tivesse expulsado os rapazes ontem à noite como era suposto, não morriam connosco. Devia ter confiado em Thor."

Igor, *o Idiota*, ainda não se tinha apercebido da gravidade da situação. Pensava que bastava construir um megafone gigante para amplificar o Grito.

– Um dragão gigante só precisa de um Grito gigante – dizia.

– Já TENTÁMOS isso, cabeça-de-plâncton – afirmou o Estoico.

– A QUEM É QUE ESTÁS A CHAMAR CABEÇA-DE-PLÂNCTON? – reagiu o Igor, e puseram-se bigode contra bigode como duas morsas furiosas.

O Hiccup suspirou e saiu da aldeia.

Tinha a sensação de que os crescidos não iam descobrir nada terrivelmente inteligente.

Para sua surpresa, foi seguido não só pelo Perna-de-Peixe, mas também por todos os iniciados de ambas as tribos: a Horda Hedionda E os Idiotas Impiedosos.

Puseram-se em semicírculo à volta do Hiccup.

– Então, Hiccup – questionou Berufião, *o Idiota*. – O que fazemos agora?

– Porque é que estás a perguntar ao HICCUP? – quis saber o Escarreta, zangado. – Não vais pedir ao INÚTIL para ele nos tirar desta confusão, pois não? Sozinho conseguiu que todos falhássemos o Teste Final da Iniciação. Por causa DELE, estivemos quase a ser expulsos e comidos por canibais. Ele nem consegue controlar um dragão do tamanho de uma centopeia!

– TU consegues falar com dragões, Escarreta? – perguntou o Perna-de-Peixe.

– Tenho todo o prazer em dizer que não – respondeu orgulhoso o Escarreta.

– Então cala-te – ordenou o Perna-de-Peixe.

– Ninguém, mas NINGUÉM, diz ao ESTOUVADO ESCARRETA para ele se calar – sibilou o Escarreta.

— Eu digo – declarou Berufião, *o Idiota*. Agarrou no Escarreta pela túnica e levantou-o do chão. – O TEU dragão falhou tanto quanto o DELE. Não vi o dragão de *ninguém* a sentar-se e a portar-se bem no meio daquela luta de dragões. Cala-TE ou eu desfaço-te membro a membro e atiro-te às gaivotas, seu LEITÃO coração-de--molusco, cérebro-de-alga e comedor-de-crustáceos.

O Escarreta olhou para os pequenos olhos cerrados do Berufião e calou-se.

O Berufião largou-o e limpou de forma humilhante as mãos na túnica.

— De qualquer das formas – continuou –, o MEU pai também esteve naquele estúpido Conselho dos Anciãos. Estou com o Hiccup. Que raio de pai mete as suas leis parvas à frente da vida do filho? E que raio de teste parvo foi aquele, afinal? Se salvarmos toda aquela gente parva de um dragão A SÉRIO como este, se calhar, no final, deixam-nos fazer parte das suas tribos estúpidas.

"ORA, ORA, ORA", pensou o Hiccup. "Isto é uma mudança no curso da História. Se calhar o dragão estava certo e vai ajudar-me com o meu problema de Porque-É--tão-Difícil-Ser-Um-Herói?, antes de me comer, obviamente."

Um encontro com o Morte Verde tinha sido o suficiente para estarem dezanove jovens bárbaros, a maioria deles bem mais corpulenta e mais forte do que

cala-TE ou eu desfaço-te
membro a membro e atiro-te
'as gaivotas, seu LEITÃO coração-de-molusco,
cérebro-de-alga e comedor-de-crustáceos.

o Hiccup, a olharem com ansiedade para o filho do Chefe na expectativa de que este lhes dissesse o que fazer.

O Hiccup tentou parecer um Herói e pôs-se em bicos dos pés:

– Muito bem, preciso de algum tempo para pensar.

– DÊEM ALGUM ESPAÇO AO RAPAZ! – berrou o Berufião enquanto empurrava todos os outros para trás.

Depois, arranjou uma rocha para o Hiccup se sentar.

– Agora pensa, rapaz – pediu o Berufião. – Esta é uma situação em que precisamos muito de pensar e tenho um pressentimento de que és o único aqui que o consegue fazer. Qualquer pessoa que consiga ter uma conversa de vinte minutos com um tubarão com asas do tamanho de um planeta e sobreviver é um melhor pensador do que eu.

O Hiccup começou a gostar de Berufião, *o Idiota*.

– CALUDA! – berrou o Berufião. – O HICCUP ESTÁ A PENSAR.

O Hiccup pensou.

E pensou.

♦♦♦

Cerca de meia hora depois, o Berufião avisou:

– O que quer que estejas a pensar fazer para nos livrarmos daquele monstro é bom que resulte para ambos.

– Há OUTRO dragão? – perguntou o Hiccup.

O Berufião anuiu com a cabeça.

– Fui até ao Ponto mais Alto e vi-o enquanto estavas a conversar com o que é verde e grande.

– Fantástico – declarou o Hiccup. – Finalmente, boas notícias. Vamos lá ver o novo Horror.

O caminho até ao Ponto mais Alto estava repleto de conchas de moluscos e ossos de golfinho arrastados pela tempestade gigante. Pelo caminho até passaram pelos destroços de um dos navios preferidos do Estoico, o *Pura Aventura*, que tinha naufragado há sete anos e que estava agora estranhamente empoleirado numa rocha acima do meio da encosta da maior colina de Berk.

Uma vez no topo, podia ver-se quase toda a costa de Berk e o mar que a circundava. Mesmo no outro lado da ilha, um dragão enchia completamente a Baía sem Terra.

Estava a descansar o seu queixo imenso e medonho num penhasco, como se este fosse uma almofada. Ressonava, e das suas narinas saíam grandes colunas de fumo roxo.

Era outro dragão-marinho Maximus Giganticus, desta vez de um roxo-escuro glorioso e, quando muito, ligeiramente maior que o outro da Praia Grande.

– O Morte Roxa, penso eu – segredou o Hiccup a tremer. – Era mesmo disto que precisávamos. De certeza que não há mais?

O Berufião riu-se, quase histericamente.

— Acho que são só estes dois pesadelos mortíferos. Dois não te chegam?

♥♥♥

De volta ao Ponto mais Alto, o Hiccup explicou-lhes o seu Plano de Ação.

Era Bastante Inteligente, mas um pouco desesperado.

— Não somos suficientemente grandes para lutar com estes dragões — adiantou —, mas eles *podem* lutar ENTRE SI. Temos de fazer com que se zanguem *mesmo* um com o outro. Nós, os Hediondos, concentramo-nos no Morte Verde e vocês, os Idiotas, tratam do Morte Roxa. Só vamos precisar é dos nossos dragões, que parece que desapareceram — concluiu o Hiccup. — O melhor é começarmos a chamá-los.

Então, puseram-se todos a gritar pelos seus dragões o mais alto que se atreveram e depois, como não houve resposta, ainda mais alto.

Os vinte dragões que pertenciam aos iniciados não estavam, na verdade, muito longe. Depois da luta de dragões tinham feito as pazes e agora encontravam-se escondidos num pântano a cerca de cem metros dos rapazes. Estavam agachados, entre as plantas, como se fossem gatos gigantes com os olhos maléficos a brilhar. Tinham uma cor que se assemelhava tanto à vegetação que pareciam perfeitamente camuflados no pântano. Se fosses um coelho ou um veado, não notarias os dragões até sentires as garras nas tuas costas e o fogo no teu pescoço.

Tinham estado a seguir os rapazes há já algum tempo.

– Então – segredou a Minhoca-Flamejante, com a língua a tremer de forma ameaçadora –, o que fazemos agora? O poder está a mudar na ilha. Os chefes não vão ser chefes durante muito mais tempo. Estão presos como lagostas numa panela. Nós não. Podemos voar quando quisermos. Obedecemos ou fugimos?

Hálito-de-tritão

Os dragões não são do tipo de criaturas que ajudam os perdedores.

– O que quer que façamos – resmungou o Garra--Brilhante – tem de ser DEPRESSA: as minhas asas estão a congelar.

– Podíamos matar os rapazes agora e levá-los como oferenda ao Novo Chefe – sugeriu o Lesma-Marinha com um grunhido de prazer.

– Qual, aquele Diabo volumoso e verde na praia? – perguntou calmamente a Vaca--Aterradora. – Não gosto do aspeto dele. Tem muita fome. Pode muito bem fazer de nós a próxima oferenda.

Garra-Brilhante

– Então, vamos embora – disse o Garra-Brilhante e os outros concordaram.

– S-S-Silêncio – sibilou a Minhoca-Flamejante. – Estas ilhas são perigosas – troçou. – Podemos fugir de um perigo para nos enfiarmos diretamente na boca de outro. Eu acho que devemos obedecer, até termos a certeza de que perderam. Quando essa altura chegar eu darei o sinal para desertarmos.

Então, saídos do nada, a Minhoca-Flamejante e o Lesma-Marinha, a Vaca-Aterradora e o Assassino, o Garra--Brilhante e o Crocotigre e todos os outros dragões voaram lentamente, em círculos, do seu esconderijo e foram até ao Ponto mais Alto, onde aterraram nos braços estendidos de cada um dos rapazes.

Por último, veio o Desdentado, a queixar-se muito.

– Dragões... – disse o Hiccup.

E explicou o Plano Bastante Inteligente.

14. O PLANO BASTANTE INTELIGENTE

Os dragões refilaram um pouco, mas os rapazes meteram-nos na linha – a todos menos ao Desdentado, que se recusou a obedecer.

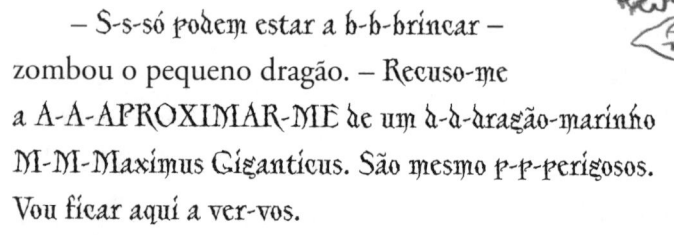

– S-s-só podem estar a b-b-brincar – zombou o pequeno dragão. – Recuso-me a A-A-APROXIMAR-ME de um d-d-dragão-marinho M-M-Maximus Giganticus. São mesmo p-p-perigosos. Vou ficar aqui a ver-vos.

O Hiccup tentou convencê-lo, suborná-lo e até o ameaçou, mas em vão.

– Estão a ver? – disse o Escarreta. – O Inútil nem consegue convencer o seu *próprio* dragão a alinhar no seu plano ridículo. E ESTA é a pessoa em que vocês confiam para vos tirar desta confusão?

– Ugh – grunhiu Bafo, *o Burro*.

– Oh, CALA-TE, Escarreta – disseram os outros rapazes, em coro.

O Hiccup suspirou e desistiu.

– Muito bem, Desdentado, ficas então aqui a perder a festa. Agora, quero que todos desçam até ao Local dos Ninhos das Gaivotas e que apanhem o máximo de penas de pássaros que conseguirem para fazermos bombas de penas.

— Penas de pássaros! — gozou o Escarreta. — Este imbecil pensa que se pode combater um animal como AQUELE com penas de pássaros! A única linguagem que uma criatura como aquela percebe é a da espada.

— Os dragões têm tendência para ter asma — explicou o Hiccup —, por estarem sempre a cuspir fogo. O fumo fica-lhes nos pulmões.

— Então tu achas que um monstro daqueles vai morrer de asma por causa de umas quantas BOMBAS DE PENAS? Porque é que não lhe dás também peixe frito e vês se ele morre de um ataque cardíaco daqui a vinte anos? — troçou o Escarreta.

— Não — disse o Hiccup pacientemente —, as bombas de penas são só para o deixar desorientado e evitar que mate alguém por agora. Escarreta e Berufião, vou ter de ensinar à Minhoca-Flamejante e ao Assassino aquilo que eles devem dizer — continuou o Hiccup.

— Não vou arriscar o *meu* dragão neste plano maluco — recusou o Escarreta.

— AI ISSO É QUE VAIS! — sibilou o Berufião entredentes, enquanto agitava um punho gigantesco diante da cara do Escarreta. — Este tipo é uma SECA, Hiccup, não sei como é que o aguentas. Ouve bem, Esquisitoide, por milagre, arranjaste um dragão razoável. FAZ com que esse dragão execute o que o Hiccup quer ou EU PRÓPRIO corro contigo ao pontapé até ao Extremo dos Ouriços-do-Mar, e trago-te de volta da mesma maneira.

– Muito bem, pronto – cedeu o Escarreta contrariado –, mas não me culpem a mim quando formos todos queimados por causa da má ideia do Inútil.

♦♦♦

O Hiccup dirigiu a produção de bombas de penas.

Os rapazes reuniram grandes braçadas de penas do Local dos Ninhos das Gaivotas.

Depois roubaram todos os objetos que conseguiram encontrar: as fraldas do Sapo-Esbugalhado, os pijamas do Bocarra, a tenda do Igor, *o Idiota*, o *soutien* da Valhallarama – tudo aquilo a que conseguiram deitar a mão. Os adultos estavam demasiado ocupados entre eles para notarem.

O Escarreta arrebitou um pouco porque pôde exibir o seu extraordinário talento para o roubo. Tinha conseguido roubar as cuecas ao Bunda-Grande enquanto ele se encontrava no meio da confusão a discutir o Plano de Ação. O Bunda-Grande não reparou, nem sequer quando foi, subconscientemente, com uma mão peluda coçar o enorme rabo – estava demasiado ocupado a falar nos Métodos para Gritar mais Alto e Melhor.

Então, os rapazes embrulharam as penas nos materiais para que se espalhassem no ar quando a bomba fosse lançada.

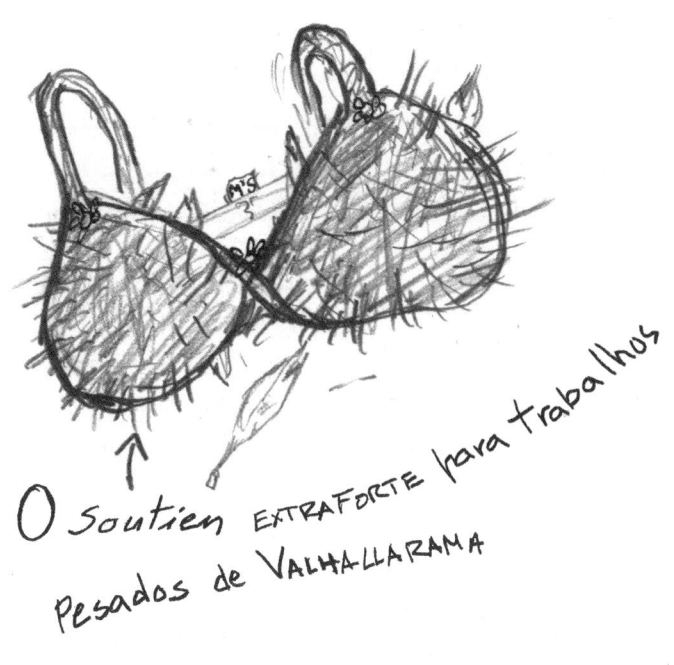

O soutien EXTRAFORTE para trabalhos pesados de VALHALLARAMA

As CUECAS PELUDAS do Bunda-Grande

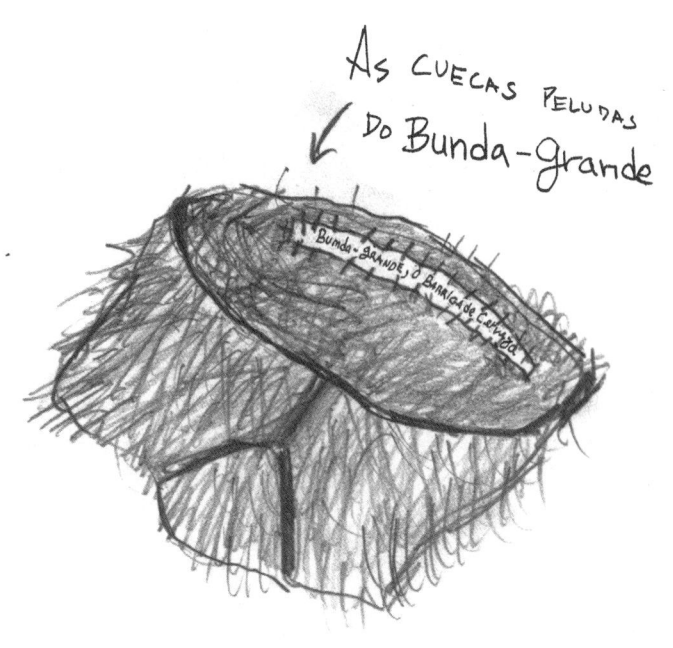

Cada equipa de dez rapazes estava armada aproximadamente com cem destas bombas de penas, embrulhadas numa grande vela velha de um barco.

O Hiccup liderou os Hediondas até à Praia Grande enquanto o Berufião levou os Idiotas até à Baía sem Terra.

A fila de rapazes conversava animadamente atrás do Hiccup; o Porco-Lutador e o Cabeça-no-Ar arrastavam a vela na retaguarda, enquanto os dragões voavam em círculos e faziam rasantes uns metros acima das suas cabeças. Os vikings são especialmente corajosos, pois foram criados para serem lutadores, por isso até o Hiccup e o Perna-de-Peixe estavam entusiasmados a pensar na batalha que aí vinha.

Contudo, assim que avistaram o monstro, os rapazes e os dragões ficaram imediatamente agitados, com os corações a palpitarem.

Era impossível UMA COISA ser assim TÃO grande.

O Hiccup conduziu-os, tão perto quanto se atreveu, até à ponta das falésias que cercavam a Praia Grande.

Olharam para baixo e viram a criatura terrível que ressonava à sua frente. As suas narinas eram do tamanho de seis portas e o cheiro que saía delas dificultava a respiração dos rapazes.

O Porco-Lutador, que tinha um estômago delicado, vomitou de forma repugnante nos arbustos.

O Hiccup, o Perna-de-Peixe e o Cabeça-no-Ar desembrulharam as bombas de penas e deram uma a cada um dos rapazes. Os rapazes chamaram os dragões, o mais baixo que conseguiram, e cada um pôs uma bomba de penas na boca do seu dragão.

Então, atreveram-se a ir até à ponta da falésia com os seus dragões empoleirados nos braços.

Precisaram de quase tanta coragem quanta a que tu necessitarias para te atirares de uma montanha de trezentos metros de altura. Mesmo com o monstro a dormir, a reação normal seria continuarem escondidos nos arbustos.

O Hiccup tentou não respirar.

Ergueu o braço para dar o sinal de comando.

– Vamos – segredou o Hiccup.

– VAMOS! – responderam os rapazes, e dez dragões descolaram e começaram a voar em volta da imensa cabeça adormecida.

Assim que o Morte Verde inspirou, o Hiccup gritou "AGORA!", e os dragões largaram as bombas de penas.

O Morte Verde inalou metade ar metade penas. Acordou com um espirro gigante e, enquanto estremecia e tossia, a Minhoca-Flamejante, que estava a passar ao pé da sua orelha direita, fez um discurso que era mais ou menos assim, mas bastante mais irritante:

– Ó dragão-marinhus Mariquinhus Minimus, saudações do meu pai, o Terror dos Mares. Ele está com vontade de comer os bárbaros e, se te intrometeres, ele vai-se deliciar CONTIGO. Vai-te embora, pequena lesma-marinha e não te acontece nada, mas se ficares nesta ilha vais sentir a força das suas garras e a fúria do seu fogo.

O Monstro Gigante tentou rir sarcasticamente e tossir ao mesmo tempo, mas, como isso é praticamente impossível e uma pena fez o caminho errado, teve um novo ataque de tosse.

Depois, a Minhoca-Flamejante mordeu-o no nariz.

Deve ter sido tão doloroso quanto uma picada de pulga, mas o Monstro ficou furioso.

Com os olhos marejados de lágrimas, o Morte Verde tentou acertar na pulga-dragão irritante, só que falhou. Em vez disso, uma garra gigantesca destruiu um bocado da falésia.

Nesse momento, os outros nove dragões regressavam para recolherem mais bombas de penas dos rapazes na falésia.

– AGORA! – gritou o Hiccup e, numa fração de segundo, largaram as suas bombas. Acertaram nas narinas do Morte Verde, que caiu e voltou a tossir.

A Minhoca-Flamejante lidera
a Operação Ataque de Espirros
O Soutien da Valhallarama faz uma bomba dupla
especialmente eficaz

— Não podes ganhar, sua minhoca reles — cantou a Minhoca-Flamejante. — Rasteja de volta para o mar onde pertences e deixa o meu mestre comer a sua Refeição em paz.

Agora o Morte Verde estava *mesmo* irritado.

Partiu desajeitadamente atrás da Minhoca-Flamejante, a tentar esborrachar aquela pequena amostra irritante de dragão com as suas garras.

No entanto, o Morte Verde teve o mesmo problema a apanhar a Minhoca-Flamejante que tu já podes ter tido a tentar matar uma mosca com as mãos. Os dragões são melhores do que os humanos a jogar este jogo, mas o Morte Verde continuou a falhar porque estava com os olhos cheios de lágrimas.

— Falhaste outra vez! — troçou a Minhoca-Flamejante, toda divertida, mas fugindo por um triz das garras do Morte Verde. Este saltou novamente na sua direção, enquanto a Minhoca-Flamejante contornava o extremo das falésias, guiando o monstro na direção da Baía sem Terra.

O Hiccup e os rapazes correram o mais rápido que puderam, mas não tinham hipóteses de os acompanhar. Correr no mato não é muito diferente de correr com mel até aos joelhos, e eles estavam sempre a afundar-se no pântano.

Na sua corrida ao longo da costa, enquanto a Minhoca-Flamejante e o Monstro se iam afastando progressivamente, os outros dragões ia demorando cada vez mais a voar até aos rapazes e voltar com bombas de penas.

Os comandantes militares têm este tipo de problemas quando a linha de abastecimentos não consegue chegar às forças na frente. Estavam a demorar tanto tempo a recarregar que finalmente houve um momento em que o Morte Verde já não tinha mais penas a fazerem-lhe cócegas nas narinas e os seus olhos pararam de lacrimejar e, subitamente, conseguiu ver com clareza a Minhoca--Flamejante...

O Morte Verde fez um movimento rápido como uma flecha em direção à dragoa vermelha e apanhou-a com uma garra gigantesca.

Felizmente para a Minhoca-Flamejante, nesse preciso instante, vindo do outro lado da falésia, apareceu o destruidor Morte Roxa, que deu um murro no estômago do Morte Verde. A pata deste soltou por uns momentos a Minhoca-Flamejante, e ela fugiu enquanto suspirava de alívio.

O Morte Verde sentou-se de forma pesada no mar para recuperar o fôlego.

O Morte Roxa fez o mesmo.

15. A BATALHA NO CABO DA CABEÇA DA MORTE

Enquanto o Hiccup e a sua equipa irritavam o Morte Verde, o Berufião e o grupo *dele* enfureciam o Morte Roxa.

Os dois monstros lutaram entre si quando se encontraram na ponta do Cabo da Cabeça da Morte.

Depois de ter experimentado a garra do Morte Verde, uma das asas da Minhoca-Flamejante estava partida em dois sítios mas, corajosamente, enquanto ele se sentava à beira-mar para recuperar o fôlego, ela voltou a voar e segredou-lhe o seu discurso final ao ouvido.

– Aqui está ele – gritou a Minhoca-Flamejante. – O meu Mestre, o Horror Roxo, que vai arrancar-te membro a membro e cuspir as tuas unhas dos pés!

Então, a Minhoca-Flamejante fugiu o mais rápido que pôde num voo desequilibrado, a arrastar atrás de si uma das asas.

♦♦♦

O Morte Verde estava a ter um mau dia.

Normalmente, um dragão-marinho Maximus Giganticus nem sequer pensaria em atacar outro animal da mesma espécie. Evitam lutar uns contra os outros porque sabem que estão tão bem artilhados que ambos podem acabar por morrer na batalha.

Contudo, o Morte Verde fora atacado e gozado por criaturas minúsculas que tinham atingido e ferido o seu ego. Além disso, este ser, que parecia pensar ser mais forte do que o próprio Morte Verde, tinha-o esmurrado violentamente.

O Morte Verde não pensou duas vezes: atirou-se ao Morte Roxa com as garras em riste, enquanto cuspia grandes rajadas de fogo, que iluminaram como relâmpagos a área em volta.

Grandes terramotos fizeram tremer a terra e o mar enquanto os dois monstros gigantes se atiravam loucamente um ao outro, gritando, em dragonês, as pragas mais perversas.

A pata do Morte Verde, num só golpe, destruiu completamente o Rochedo do Naufrágio.

As asas do Morte Roxa provocaram uma enorme derrocada nas falésias do Cabo.

Os rapazes vikings, agora que a sua missão estava cumprida, fugiram o mais depressa possível com os olhos esbugalhados de medo, aterrados com a hipótese de um dos dragões sobreviver à luta. De vez em quando olhavam para trás para ver em que ponto ia a batalha.

Os dragões arranhavam-se, mordiam-se e arrancavam pedaços um ao outro enquanto davam sinistros e misteriosos gritos.

O dragão-marinho é a criatura mais bem protegida que já viveu neste planeta. A sua pele, em alguns pontos com mais de um metro de espessura, tem tantas conchas e crustáceos incrustados que funciona quase como uma armadura.

É também a criatura mais bem apetrechada que já viveu neste planeta e as suas garras afiadas como navalhas conseguem rasgar a sua própria crosta de ferro como se fosse uma folha de papel...

Agora, ambos os dragões tinham feridas terríveis e estavam a derramar sangue verde.

O Morte Verde agarrou o Morte Roxa à volta do pescoço com a mortífera Pega de Sufocar.

O Morte Roxa apertou o peito do Morte Verde com a mortífera Pega de Cortar a Respiração.

Nenhum largava o outro – e a pega de um dragão é uma coisa temível. Lembraram ao Hiccup a imagem de um dos escudos do pai: dois dragões a formarem um círculo perfeito enquanto se comiam um ao outro pela cauda.

Os dragões lutaram selvaticamente na rebentação, a tossir e a engolir água, com os seus olhos a saírem das órbitas e as caudas a provocarem ondas tão grandes que os rapazes se encontravam ensopados apesar de estarem a fugir do Cabo o mais rápido que conseguiam.

Finalmente, depois de uns últimos suspiros arrepiantes e murmúrios cruéis, as duas poderosas bestas caíram no mar.

Fez-se silêncio.

Os rapazes pararam de correr e recuperaram o fôlego, olhando apavorados para as duas criaturas imóveis.

Os dragões dos rapazes, que seguiam um pouco à frente, também se viraram e ficaram suspensos no ar.

As Criaturas Terríveis não se mexeram.

Os rapazes esperaram dois longos minutos, enquanto as ondas passavam calmamente por cima dos dois gigantescos corpos imóveis.

– Estão mortos – anunciou finalmente o Berufião.

Os rapazes começaram a rir de forma um pouco descontrolada, agora que o terror tinha acabado.

– Muito bem, Hiccup! – O Berufião deu uma palmada nas costas do Hiccup.

No entanto, o Hiccup parecia preocupado. Estava a cerrar os olhos e a esforçar-se por ouvir alguma coisa.

– Não consigo ouvir nada – afirmou o Hiccup, inquieto.

– Não consegues ouvir nada porque eles estão MORTOS – concluiu o Berufião, alegremente. – Três vivas para o Hiccup!

A meio das celebrações dos rapazes, a Minhoca-Flamejante soltou um grito horrível.

– FUJAM! – guinchou. – Fujam, fujam, fujam, fujam!

A cabeça do Morte Verde estava a levantar-se devagar e a virar-se na direção deles.

– Uh-oh – fez o Hiccup.

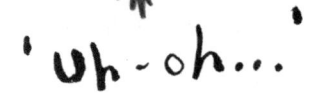

'uh-oh...'

16. O PLANO BASTANTE INTELIGENTE CORRE MAL

O Hiccup tinha estado a tentar ouvir a Música de Morte do Morte Verde, mas ele ainda não a estava a cantar.

Apesar de o Morte Verde estar a morrer, ainda não se encontrava morto.

O que estava *era* muito, mas mesmo muito, zangado.

Da sua boca a sangrar saiu um sibilo baixinho:

– ONDE está ele? – Depois equilibrou-se nos pés e sibilou um pouco mais alto: – Onde é que ESTÁ a Pequena Refeição? Eu bem que o reconheci: era a minha destruição, não admira. A Pequena Refeição fez de MIM, o Morte Verde, uma Refeição!

Enquanto o Dragão falava, inclinou-se para a frente muito devagar e, dolorosamente, fixou os olhos no topo da falésia onde conseguia ver uns pequenos humanos a começarem a correr novamente para o interior da ilha.

O Dragão lançou a sua cabeça para trás e SOLTOU um grito horroroso absolutamente arrepiante de uma VINGANÇA obscura e tortuosa.

– VOU comê-LO antes de partir, vou mesmo – afirmou o Dragão e inclinou-se para a frente.

– F-U-U-U-U-U-J-A-M! – gritou o Hiccup, mas já estavam todos a correr o mais rápido que conseguiam.

Lá ao longe, o Hiccup conseguia ver quatrocentos guerreiros das tribos dos Hediondos e dos Idiotas a virem do Ponto mais Alto na sua direção. Deviam ter dado pela falta dos rapazes e tinham ido à procura deles.

"Não vão chegar a tempo", pensou o Hiccup, "e, mesmo que cheguem, o que poderão fazer?"

Nesse momento, o Dragão aterrou com um estrondo no topo da falésia e, de repente, o Sol desapareceu.

Os vinte rapazes correram para o meio da vegetação para se esconderem.

O dragão pegou no mais próximo com uma garra e virou-o.

Era o Bafo. Quando o Dragão o atirou para o lado a resmungar "Não és tu", os outros rapazes já se tinham evaporado no meio da vegetação.

O Dragão estava fraco, mas ria-se debilmente.

– Não estás seguro aí, oh não, porque mesmo que eu não te consiga ver para te matar, posso usar o meu... FOGO!

As plantas arderam logo no primeiro sopro do Dragão e os rapazes fugiram o mais rápido que conseguiram.

O Hiccup ficou um pouco mais, porque sabia que o Dragão estava à sua espera.

Finalmente, o calor tornou-se insuportável e ele inspirou, fechou os olhos e correu.

Ainda não tinha percorrido cem metros quando duas garras do Dragão o agarraram e levantaram tão alto, tão alto que os outros rapazes em baixo pareciam pontinhos.

O dragão segurou o Hiccup à sua frente.

– Somos AMBOS Refeições agora, Pequena Refeição – disse e atirou-o muito, muito alto.

Enquanto o Hiccup dava o segundo mortal, pensou para si mesmo: "ESTE É mesmo o pior momento da minha vida."

E o Hiccup começou a cair.

Olhou para baixo. Ali estava a boca do dragão, completamente aberta como uma caverna gigante e escura.

Era ali que ele ia cair.

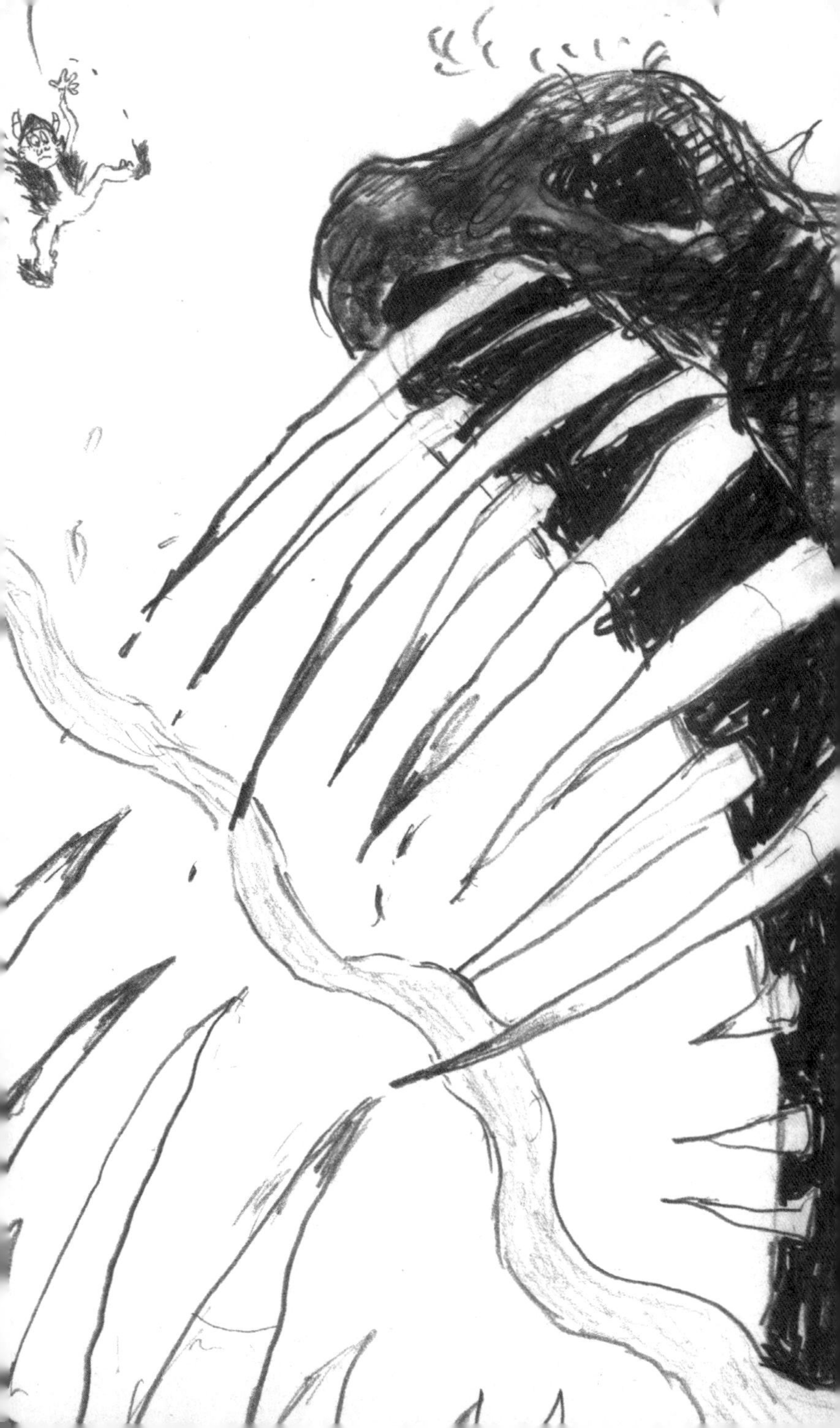

17. NA BOCA DO DRAGÃO

O Hiccup caiu na boca do Dragão e os dentes fecharam-se atrás dele como grades.

Estava a cair, completamente no escuro, envolto num cheiro tão desagradável que era sufocante.

Parou de repente e ficou suspenso no ar como se a parte de trás da sua túnica se tivesse prendido nalguma coisa.

O Hiccup ficou ali na escuridão, a balançar levemente. Como que por magia, a sua túnica ficara presa numa lança que se cravara na garganta do Dragão por ocasião do banquete romano. O pé do Hiccup raspou numa parede que ele presumiu ser a garganta do Dragão. Os seus líquidos digestivos reagiram como ácido e ele tirou de lá o pé rapidamente.

Por cima dele, o Hiccup conseguia ouvir a língua enorme do Dragão a mexer e a remexer na boca à procura do Hiccup para o poder mastigar até à morte… Não tencionava comê-lo inteiro.

Um rio repugnante de muco verde correu pela garganta ofegante do Dragão. De dois pequenos buracos, na parede viscosa em frente ao Hiccup, saía um fumo verde e amarelo.

"Interessante", pensou o Hiccup, que estava estranhamente calmo porque ainda não conseguia

O Hiccup pendurado ao pé dos buracos do fogo

acreditar que tudo aquilo lhe estava a acontecer. "É dali que deve vir o fogo."

Durante anos, os biólogos vikings tinham-se questionado sobre a origem do fogo que os dragões sopravam. Alguns diziam que vinha dos pulmões, outros do estômago. O Hiccup foi o primeiro a descobrir os buracos de fogo que, num dragão de tamanho normal, são demasiado pequenos para se verem a olho nu.

Muito abaixo, o Hiccup conseguia ouvir o ruído distante da última Refeição do dragão a cantar. "Um dragão-marinho Giganticus obviamente demora algum tempo a fazer a digestão", pensou o Hiccup.

De facto, a música continuava a ouvir-se em alto e bom som:

Os humanos são uma delícia,
  mas se à mão sal tiveres,
temperando com perícia,
  tornam-se verdadeiros prazeres.

A lança estava a vergar cada vez mais por causa do peso. Era uma questão de tempo até que ela se partisse e o Hiccup caísse até ao estômago do Dragão e se fosse juntar ao otimista despreocupado.

O pior era que os fumos, o calor e o cheiro estavam a deixar o Hiccup tão confuso que ele já não se IMPORTAVA. O terrível som do coração do Dragão a bater penetrou no peito do Hiccup e obrigou o seu próprio coração a seguir o mesmo ritmo.

O Hiccup deu por si a pensar que, afinal, um dragão tem de viver. E depois lembrou-se das palavras do Dragão quando estava no topo da falésia: "Vais ver que me vais perceber melhor quando estiveres dentro de mim..."

"Oh não!", pensou o Hiccup. "A Digestão do Dragão! Já me está a afetar! Tenho de sobreviver, tenho de sobreviver", repetiu para si mesmo, uma e outra vez, para tentar desesperadamente bloquear os pensamentos do Dragão.

Ouviu-se um som horrível de uma coisa a rachar-se quando a forte lança dos romanos se começou a partir ao meio…

18. A CORAGEM EXTRAORDINÁRIA DO DESDENTADO

E esse teria sido o fim do Hiccup se não fosse a coragem extraordinária de um certo dragão do tipo Desdentado de Sonho.

O Desdentado, se bem se lembram, tinha recusado juntar-se a eles na batalha do Cabo da Cabeça da Morte. Pretendia voar pela costa até encontrar um sítio qualquer onde pudesse descansar um pouco até tudo estar novamente seguro, mas deixou-se ficar um pouco no Ponto mais Alto a assustar pássaros e coelhos.

Devia estar a divertir-se imenso a fazer isso, porque até o Estoico o agarrar pelo pescoço não o ouviu aproximar-se, nem as tribos inteiras dos Hediondos e dos Idiotas.

– ONDE É QUE ESTÁ O MEU FILHO? – interrogou o Estoico.

O Desdentado encolheu os ombros de forma rude.

– ONDE É QUE ESTÁ O MEU FILHO??? – berrou o Estoico com um grito aterrorizador, tão alto que as orelhas do Desdentado tremeram.

O Desdentado apontou para o Cabo da Cabeça da Morte.

– MOSTRA-ME – ordenou o Estoico, ameaçador.

Sob o olhar feroz do Estoico, o Desdentado voou para o Cabo da Cabeça da Morte, seguido pelas duas tribos.

Chegaram mesmo a tempo de ver o Terrível Monstro a atirar o Hiccup bem alto e a apanhá-lo com a boca como um caracol.

"Lá se vai o Plano Bastante Inteligente", pensou o Desdentado.

Estava prestes a aproveitar a oportunidade que a natural distração do Estoico lhe dava para se ir esconder num lugar seguro, quando alguma coisa o parou.

Ninguém sabe que coisa foi essa.

Foi uma ocasião que mudou completamente a forma como a Horda Hedionda via o mundo. Durante séculos tinha-se acreditado que era impossível um dragão fazer uma ação que não fosse egoísta, mas é impossível dizer que aquilo que o Desdentado fez a seguir foi do seu interesse.

Todos os outros dragões domésticos estavam agora a sobrevoar o oceano Interior. Assim que ouviram a Minhoca-Flamejante a gritar "Fujam!", aqueles que estavam escondidos em cavernas, ou em fendas, ou agachados na vegetação, fugiram como um enxame e abandonaram os seus antigos chefes o mais rápido que as asas lhes permitiam.

Os dragões selvagens, da Falésia do Dragão Selvagem, já se tinham ido embora há horas.

Contudo, algo impediu o Desdentado de fugir com eles. Talvez tivesse sido o grito desesperado e impotente do Estoico – "N-N-NÃOOOOOOOOO!!!" – a fazê-lo parar.

Ou, talvez em algum lugar, no fundo do seu coração verde de dragão, ele gostasse mesmo do Hiccup e estivesse agradecido pelas horas que tinha passado a cuidar dele, sem gritar, a contar-lhe piadas e a dar-lhe as maiores e as melhores lagostas.

"Os dragões são E-E-EGOÍSTAS", discutiu o Desdentado consigo mesmo. "Os dragões são cruéis e não têm p-p-pena. É isso que f-f-faz de nós s-s-sobreviventes."

De qualquer das formas, ALGUMA COISA o tinha feito dar meia-volta e ALGUMA COISA o tinha feito dobrar as asas e voar rápido como um dragão na direção do Monstro Gigante no topo da falésia. O que, tal como já se disse, *não* era *mesmo* nada conveniente para o Desdentado.

Este entrou pela narina esquerda do Dragão e começou a voar, para cima e para baixo, dentro do nariz para lhe fazer cócegas.

O dragão-marinho agitou-se para cima e para baixo, a coçar o nariz como um louco e a berrar.

– A-A-A-AAAAAAAAH...

A Criatura enfiou, de forma repugnante, a garra imensa dentro do nariz e tentou tirar a pulga irritante que lhe estava a fazer cócegas.

O Desdentado não se conseguiu desviar a tempo da garra e ficou arranhado no peito, mas quase não sentiu porque estava entusiasmado e continuou indiferente a fazer cócegas e a desviar-se da garra que o procurava.

– A-A-A-A-A-A-A-A-A-AAAAAAAAH... – berrou o dragão-marinho.

Entretanto, o Hiccup, dentro da garganta do Dragão, estava a ser atirado de um lado para o outro enquanto este oscilava a cabeça. Estava a tentar agarrar-se o melhor que podia à lança que estava prestes a soltar-se.

C-H-I-M

– ...CHIIIIIIMMMMMM!

O Dragão espirrou finalmente e o Hiccup, a lança, o Desdentado e uma grande quantidade de ranho nojento espalharam-se pelo campo que os rodeava.

O Desdentado lembrou-se, enquanto estava a ser projetado, de que os rapazes não conseguem voar.

Dobrou as asas e mergulhou atrás do Hiccup, que estava a cair rapidamente em direção ao chão.

O Desdentado agarrou o rapaz pelo braço e tentou aguentar o seu peso. Como as garras dos dragões são extraordinariamente fortes, conseguiu travar a queda do Hiccup, não completamente mas o suficiente para que quando chocasse com a vegetação já fosse a uma velocidade moderada.

O Estoico aproximou-se o mais rápido que pôde, aos saltos pela erva.

Agarrou no filho e virou-se para o Monstro, enquanto segurava o corpo inerte do Hiccup atrás do seu escudo.

O Desdentado escondeu-se atrás do Estoico.

O Morte Verde tinha recuperado do espirro. Avançou a sangrar horrivelmente das feridas mortais no peito e na garganta. Baixou a cabeça até estar ao nível do topo da falésia e, com os seus malvados olhos amarelos, mirou o Estoico.

– É hora de morrer para *todos* nós – murmurou o Morte Verde. – Agora não lhe podes salvar a vida. Estás completamente, completamente impotente. O meu FOGO vai derreter esse escudo como manteiga...

O Morte Verde abriu a boca. Inspirou devagar. O Estoico tentou agarrar-se à vegetação, mas tanto ele como o Hiccup e o Desdentado estavam lentamente a ser sugados para o gigantesco túnel preto que eram as mandíbulas abertas do Monstro.

O Morte Verde parou por um momento antes de soprar, para apreciar o terror.

– É isto que acontece quando não se dá ouvidos à Lei do Dragão... – guinchou, horrorizado, o Desdentado, enquanto espreitava por trás da túnica do Estoico.

O Monstro encheu as bochechas de ar, e o Estoico e o Desdentado esperaram ser engolidos pelas chamas.

Só que não saiu fogo.

O Morte Verde pareceu surpreendido. Soprou novamente com mais força.

E outra vez, sem sucesso.

Fez outra tentativa e, desta vez, devido ao esforço de soprar, parecia que a sua cabeça se estava a tornar estranhamente roxa e a inchar, cada vez mais, como se se estivesse a encher de ar.

O Monstro não fazia ideia do que se estava a passar. Agitou-se selvaticamente e os seus olhos ficaram cada vez mais esbugalhados até que, com um estrondo que se podia ouvir a centenas de quilómetros...

... o Morte Verde explodiu, mesmo à frente dos olhos de todos.

Isto pode parecer um pouco um milagre ou uma intervenção divina, mas na realidade há uma explicação lógica. Enquanto o Hiccup se encontrava pendurado na garganta do dragão-marinho, a repetir para si mesmo "Tenho de sobreviver, tenho de sobreviver!", tinha tirado o seu elmo e enfiado os chifres, com todas as suas forças, nos buracos do fogo.

Cabia perfeitamente.

Por isso, quando o dragão tentou usar o fogo, o capacete impediu-o e foi gerando um aumento de pressão até que esta finalmente ficou tão elevada que o Morte Verde simplesmente explodiu.

Agora havia pedaços de dragão a voar por todo o lado. O Estoico e o Desdentado tiveram muita sorte por não serem atingidos por nada, estando tão perto da explosão como estavam.

No entanto, um dente de dragão a arder, com quase três metros de comprimento (um dos mais pequenos do Monstro), explodiu mesmo na direção do Hiccup. O rapaz, quando o Monstro inspirou, tinha sido arrastado da proteção do escudo do Estoico e agora estava deitado no chão, uns metros à frente do pai e do Desdentado, completamente exposto.

O Estoico, pelo canto do olho, viu a trajetória do dente e atirou-se para a frente com o escudo. Só um viking teria chegado a tempo – caçar pica-paus com arco e flechas desenvolve reflexos muito rápidos.

Afinal de contas, o escudo do Estoico tinha acabado *mesmo* por salvar a vida do filho. Se não estivesse ali, o dente teria perfurado o Hiccup como um camarão num espeto; deste modo, tinha-se enfiado muito profundamente no centro de bronze do escudo e ficado lá, a brilhar com chamas esverdeadas.

O Estoico levantou o escudo, aterrorizado com a possibilidade de mesmo assim o dente ter perfurado o filho, mas o Hiccup estava ileso. De olhos abertos, ouvia alguma coisa: estava a escutar um som estranho que parecia vir do próprio dente em chamas. Era um som fraco mas que ecoava, como o vento que atravessa as cavernas de coral, e era mais ou menos assim:

À poderosa Grande Baleia Azul eu digo
  que em breve a sua vida vai acabar,
E com um movimento da minha cauda consigo
  o Sol e a Lua apagar...

*Os ventos e as tempestades tremem
quando eu começo a rugir,
Mesmo as furiosas ondas cedem
e para a praia vêm a fugir...*

– Ouçam – disse o Hiccup feliz, precisamente antes de desmaiar. – A Refeição está a cantar.

19. HICCUP, *O ÚTIL*

Os quatrocentos vikings que estavam agora no topo da falésia começaram a celebrar e a felicitar o Hiccup e o Desdentado.

Era uma visão estranha e bárbara, todos cobertos de repugnante ranho e muco verde de Dragão, mas a berrarem e a aplaudirem com o entusiasmo dos que escaparam à Morte Certa.

À sua volta, a paisagem estava completamente destruída pelo combate terrível que tinha acabado de se dar. Um fumo verde-acinzentado sufocante pairava no ar e dificultava a visão, mas grandes pedaços do Cabo da Cabeça da Morte pareciam ter sido arrancados na luta. As rochas que se tinham desmoronado estavam empilhadas na praia. O terrível corpo montanhoso do Morte Roxa desaparecia numa parte mais funda da água. Bocados das entranhas e dos ossos do Morte Verde estavam espalhados por todo o lado, enquanto ainda ardiam grandes áreas de vegetação.

Contudo, por um milagre extraordinário, quase todos os vikings e os seus dragões tinham sobrevivido à horrível batalha – "quase todos" porque, quando o Desdentado se inclinou para a frente para lamber tremulamente a cara do Chefe com a língua bifurcada, o Estoico reparou numa ferida terrível no peito do pequeno dragão que estava a derramar sangue verde reluzente. A garra do Morte Verde tinha perfurado o coração do pequeno dragão, supostamente sem coração.

    O Desdentado seguiu o olhar do Estoico e olhou para baixo pela primeira vez. Largou um guincho de terror e depois caiu.

♦♦♦

Dois dias depois, o Hiccup acordou, cheio de dores e com muita, muita fome. Era de noite e bastante tarde. Estava na enorme cama do Estoico. O quarto parecia estar cheio de pessoas. O Estoico estava lá, bem como a Valhallarama, e o Velho Rugoso, e o Perna-de-Peixe e a maioria dos Anciãos das Tribos.

Também lá se encontravam alguns dragões: o Hálito-de-Tritão e o Dente-de-Gancho estavam a morder e a picar as pernas do Estoico, e a Vaca-Aterradora fora-se empoleirar aos pés da cama. (Os dragões tinham regressado assim que ouviram a explosão e que se aperceberam de que os chefes de Berk eram novamente chefes. Como eram dragões, não deram explicações para o seu desaparecimento, mas tiveram a decência de se portarem um pouco melhor.)

— Está vivo! — gritou o Estoico triunfante, e todos começaram a aplaudir.

A Valhallarama deu ao Hiccup um valente soco no ombro, que para uma mãe viking é o equivalente a um grande abraço.

— Estávamos todos aqui à espera de que tu acordasses — disse ela.

O Hiccup sentou-se repentinamente na cama, bastante acordado.

— Mas *não* estão todos aqui — reparou. — Onde é que está o Desdentado?

O grupo ficou sem saber o que dizer e desviou o olhar do Hiccup. O Estoico tossiu de uma maneira estranha.

– Desculpa, filho, mas ele não conseguiu escapar. Morreu há poucas horas. O resto da tribo está a fazer-lhe, neste preciso momento, um Funeral de Herói. É uma grande honra – apressou-se a continuar. – Vai ser o primeiro dragão a quem se fez um funeral digno de um viking.

– Como é que souberam que ele estava morto? – exigiu saber o Hiccup.

O Estoico ficou surpreendido.

– Bem, tu sabes, o normal: não tinha pulsação, não respirava, encontrava-se frio como um bloco de gelo. Infelizmente, estava claramente morto.

– Oh, FRANCAMENTE, pai – protestou o Hiccup bastante irritado –, não sabes NADA de dragões? Pode ter caído em COMA DE SONO, o que é um BOM SINAL: provavelmente está a tratar-se.

– Oh, por amor de Thor – disse o Perna-de-Peixe. – Começaram o funeral há meia hora…

– Temos de os impedir! – berrou o Hiccup. – Os dragões são só ligeiramente à prova de fogo. Vão queimá-lo vivo!

O Hiccup, tendo em conta as circunstâncias, saltou da cama com uma energia impressionante. Saiu do quarto e depois de casa a correr, seguido de perto pelo Perna-de--Peixe e pela Vaca-Aterradora.

♦ ♦ ♦

No Porto dos Hediondos, a impressionante cerimónia do Funeral Militar Viking estava a chegar ao fim.

Teria sido um panorama incrível se o Hiccup estivesse com disposição para isso.

O céu estava coberto de estrelas e o mar calmo como vidro. As tribos inteiras dos Hediondos e dos Idiotas estavam reunidas, em silêncio, nas rochas e todos tinham uma tocha na mão.

Até o Escarreta lá estava, a tentar dar um aspeto solene, com o capacete fora da cabeça para demonstrar respeito e o com o cabelo bastante penteado.

– Estava a ver que o lagarto com asas não morria – segredou malvadamente a Bafo, *o Burro*, que se riu em surdina.

– É bem feito por ter quebrado a Lei – insinuou a Minhoca-Flamejante à Lesma-Marinha que estava no ombro do Bafo a tirar macacos do nariz.

Tinha sido colocada no mar uma réplica de um barco viking que se estava a afastar da costa da ilha de Berk na esteira do reflexo da lua, depois de passadas as estranhas formas da frota incendiada do Estoico e do Igor.

O Hiccup mal conseguia ver o pequeno corpo do Desdentado deitado no barco. Ao seu lado estava o escudo de Thor, com o dente do Dragão ainda lá espetado como se fosse uma gigantesca espada extraterrena.

Bocarra, *o Arroto*, emitiu um som fúnebre com a sua corneta. Estava completamente recuperado do seu voo inesperado. "P-P-PARP!!!"

Vinte e seis dos melhores arqueiros do Estoico, que aguardavam a ordem no lado direito do Porto, ergueram os arcos. Em cada um deles fora colocada uma flecha em chamas.

– N-N-NÃOOOOO!!! – berrou o Hiccup, com o maior berro que alguma vez tinha berrado.

Só que era tarde demais.

As flechas em chamas subiram com graciosidade pelo ar. Aterraram no navio e incendiaram-no.

Algumas pessoas viraram-se para ver quem ousava interromper um ritual tão solene.

– HICCUP! – gritou com alegria Berufião, *o Idiota*, ao reconhecer a figura no horizonte. Um murmúrio de espanto percorreu a multidão e várias pessoas segredaram umas para as outras: "O Hiccup?" De seguida, ouviram-se gritos e aplausos e o nome Hiccup a ser pronunciado mais e mais alto.

O Escarreta ficou boquiaberto. Estava muito desapontado por ver que o seu rival estava vivo e de boa saúde. O Escarreta quase não suportava a ideia do Hiccup como Herói Falecido, mas o Hiccup como Herói *Vivo* intrometer-se-ia demasiado no seu caminho…

O Hiccup deixou cair inúmeras lágrimas pela cara abaixo enquanto via o barco a arder.

O barco inclinou-se e o Escudo do Estoico e o dente gigante caíram à água. Precisamente quando o último bocado do barco estava prestes a afundar-se e a ser engolido pelas ondas, para ser consumido pelo fogo e pela água, as chamas elevaram-se no ar quase vinte metros. E, dessas chamas, com as asas abertas como uma fénix e uma réstia de fogo na cauda como um cometa, apareceu… o Desdentado.

Subiu muito, muito, muito alto até às estrelas e, enquanto voava, deixou um rasto de fogo. Mergulhou bem, bem, bem a pique em direção ao mar e mudou bruscamente de trajetória no último segundo, diante dos gritos de admiração dos espectadores. O Hiccup estava preocupado, com medo de que ele pudesse estar com dores, até que o Desdentado voou tão baixo sobre a sua cabeça que conseguiu ouvir o grito de triunfo do pequeno dragão.

Apesar de todos os defeitos do Desdentado, há que lhe reconhecer o sentido de oportunidade.

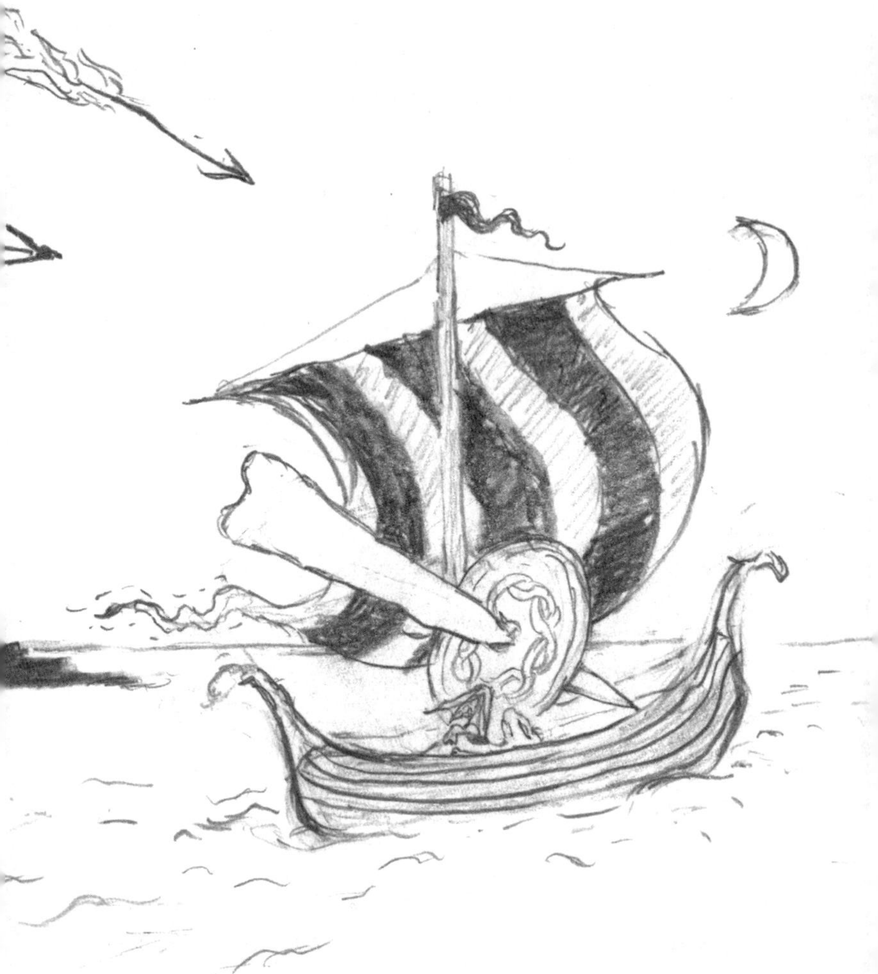

Os dragões do tipo Comum ou Vulgar não são reconhecidos pelos seus dotes espetaculares de voo mas, em chamas, até um dragão do tipo Comum ou Vulgar se torna bastante espetacular.

O Desdentado incendiou o céu da noite como fogo-de-artifício vivo. Tudo isso enquanto gritava, e dava mortais ferozes, e cuspia fogo entre piruetas. A multidão, que ainda há pouco lamentava as mortes, tanto do Desdentado como possivelmente do Hiccup, delirava agora de alegria, aplaudindo histericamente enquanto o Desdentado os envolvia em faíscas.

Por fim, o fogo ficou demasiado quente e o Desdentado mergulhou no mar para se apagar, e logo a seguir saiu da água e voou para o ombro do Hiccup. Aí, aceitou o selvagem aplauso com vénias solenes para a direita e para a esquerda, e colocou em risco a sua dignidade com o estranho som de "co-co-ro-có" com que vaidosamente se autoelogiou.

O Estoico fez sinal para a multidão se calar, mas só para poder gritar, em alto e bom som, o seguinte discurso:

– Hediondos e Idiotas! Terrores dos Mares, Filhos de Thor e temíveis Chefes dos Dragões! É com muito orgulho que vos apresento o mais recente membro da Horda Hedionda: o meu filho, HICCUP, *O ÚTIL*!

E as palavras "Hiccup, *o Útil*" começaram a ecoar pelas colinas, espalharam-se pela animada multidão e foram conduzidas pela brisa da noite a todo o lado, até que o mundo inteiro pareceu dizer ao Hiccup que, apesar de tudo, talvez ele viesse a ser Útil.

E essa, meus amigos, *essa*, é a Maneira Difícil de se Tornar Herói.

Ilha de Berk

Idade das Trevas

Caro Professor Confusão
Estô a excrever para me queichar
do voço livro "Como Treinarex
o Teu Dragam".
Já aleguma vex tentou berrar
com um daqueles monstros-marinhos?
Venha a Berk e vou-lhe mostrar
o que eu quero diser.
Cum comprimentos,

Estoico, o Enorme

EPÍLOGO, por Hiccup Hadoque Horrendo III, o Último dos Grandes Heróis Vikings

Naturalmente, a história não acaba aqui.

Os dezanove rapazes que entraram na Iniciação comigo há muitos anos foram todos admitidos nas tribos Horda Hedionda e Idiotas Impiedosos como resultado das suas Ações Heroicas ao derrotarem dois dragões-marinhos Maximus Giganticus num só dia. A Batalha do Cabo da Cabeça do Dragão passou a ser uma lenda viking e vai ser cantada por trovadores até já não haver trovadores para a cantar.

É claro que há muito poucos trovadores hoje em dia. Além disso, poucas são as pessoas que, desde então, viram um dragão-marinho Maximus Giganticus, pelo que se começa a não acreditar que tal criatura pudesse ter existido. Foram escritos artigos científicos a sugerir que algo tão grande não conseguiria suster o seu próprio peso. Os dragões que constituiriam a minha prova já se retiraram para o mar onde os homens não conseguem chegar e, como hoje em dia o Heroísmo está ultrapassado, ninguém vai acreditar apenas na palavra de um Herói como eu.

Contudo, quando falamos de dragões – e eu sou uma pessoa que *sabe* de dragões –, eles podem estar apenas a*dormecidos* nas profundezas das trevas. Podem existir inúmeros, todos em Coma de Sono, com peixes desprevenidos a nadarem entre as suas patas, a esconderem-se nas suas garras e a porem-lhes ovos nas orelhas.

Ainda pode haver um dia em que os Heróis voltem a ser precisos.

Ainda pode haver um dia em que os dragões regressem.

Quando esse dia chegar, os homens vão precisar de saber como os treinar e como os derrotar, e eu espero que este livro seja uma ajuda maior para os Heróis do Futuro do que foi para MIM um certo livro, com o mesmo título, há muitos anos.

É fácil esquecermo-nos de que já existiram coisas como estes monstros.

Por vezes eu próprio me esqueço, mas depois olho para cima, como estou a fazer agora, e imagino um escudo, estranhamente decorado com crustáceos que parecem joias e com corais de águas frias, trespassado a meio por um dente de quase três metros. Tento tocar-lhe e, depois de todos estes anos, a ponta do dente ainda está tão afiada que passar ligeiramente o dedo por ele pode provocar uma chuva de sangue nestas páginas. E inclino a cabeça, sem me aproximar demais, e tenho a certeza de que consigo ouvir muito, muito baixinho:

Um dia lancei fogo ao mar
 apenas com um sopro forte...
Um dia senti-me imortal
 e decidi chamar-me Morte...
Vai cantando alegremente,
 antes de seres Refeição,
Tanto os fortes como os fracos,
 todos ASSIM acabarão...

A Refeição ainda está a cantar.

Os DRAGÕES ~~nunca~~ ficam agradecidos quase nunca

eesteung-g-g gaandaapontook-f -final

...e que em dragonês significa...

FIM

O Hiccup ainda não o sabe, mas isto é só o início das suas aventuras.

Há tantas perguntas por responder.

Como é que aquele dragão-marinho já tinha ouvido o nome do Hiccup?
Porque é que o Hiccup se chama **"Hiccup"**, *ou seja, Soluço?*
(Não parece um nome muito avikingado.)

Porque é que o Estoico proibiu as pessoas de aprenderem dragonês?

O Hiccup vai alguma vez ser o Chefe da Horda Hedionda? Tem ele alguma coisa a ver com a **Rebelião dos Dragões** *que aconteceu poucos anos depois da história que acabaste de ler?*

Podes encontrar as respostas para todas estas perguntas nos outros livros da série Como Treinares o teu Dragão *a começar pelo* **Como Seres Um Pirata**, *no qual o Hiccup encontra o seu maior inimigo pela primeira vez e descobre o que acontece ao Tesouro Perdido de* **Barba-Sombria, o Medonho**.

Esta é a Cressida, com 9 anos, a escrever na ilha.

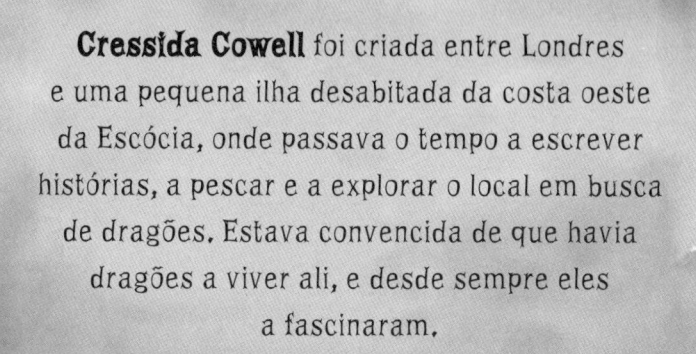

Cressida Cowell foi criada entre Londres e uma pequena ilha desabitada da costa oeste da Escócia, onde passava o tempo a escrever histórias, a pescar e a explorar o local em busca de dragões. Estava convencida de que havia dragões a viver ali, e desde sempre eles a fascinaram.

www.cressidacowell.co.uk

BERTRAND EDITORA

Rua Professor Jorge da Silva Horta, n.º 1
1500-499 Lisboa

Telefone: 217 626 000
Fax: 217 626 150

Correio eletrónico: editora@bertrand.pt